心是一只美丽的小箱子

毕淑敏 著

名师导读美绘版

陈琴 导读

长江出版传媒

长江文艺出版社

图书在版编目（CIP）数据

心是一只美丽的小箱子 / 毕淑敏著. -- 武汉：长江文艺出版社，2017.6
（暖心美读书：名师导读美绘版）
ISBN 978-7-5354-9513-6

Ⅰ.①心… Ⅱ.①毕… Ⅲ.①散文集－中国－当代 Ⅳ.①I267

中国版本图书馆 CIP 数据核字(2017)第 051758 号

| 责　　编：孙晓雪　施柳柳 | 责任校对：陈　琪 |
| 整体设计：一壹图书 | 责任印制：邱　莉　胡丽平 |

出版：长江出版传媒　长江文艺出版社
地址：武汉市雄楚大街 268 号　　邮编：430070
发行：长江文艺出版社
电话：027—87679360
http://www.cjlap.com
印刷：湖北新华印务有限公司

开本：720 毫米×1020 毫米　　1/16　　印张：13.375
版次：2017 年 6 月第 1 版　　2017 年 6 月第 1 次印刷
字数：122 千字

定价：24.00 元

版权所有，盗版必究（举报电话：027—87679308　87679310）
（图书出现印装问题，本社负责调换）

暖心美读书（名师导读美绘版）
高端选编委员会

（以年岁为序）

谢　冕　著名文学评论家，北京大学中文系教授

周国平　著名哲学家、作家，中国社会科学院哲学研究所研究员

王泉根　著名文学评论家，北京师范大学中文系教授，中国作家协会儿童文学委员会副主任

曹文轩　著名作家，北京大学中文系教授，北京作家协会副主席

朱永新　著名教育家，苏州大学教授，中国民主促进会中央委员会副主席

相信精神，相信文学的力量
——《暖心美读书》（名师导读美绘版）总序
王泉根

阅读决定高度，精神升华成长。

阅读是生命的重要组成部分。人生的阅读史就是给生命打底的历史、精神发展的历史。在今天这个网络阅读、手机阅读、图画阅读已经成风的多媒体时代，图书阅读依然显得十分重要，静静地捧读书本的姿态，依然是一种最迷人、最值得赞美的姿态。

少年儿童的精神生命如同夏花般蓬勃开放生长。认知、想象、情感、道德、审美、智慧，是给少年儿童精神生命打底的重要内容，也是阅读的重要内容。从优美的、诗意的、感动我们心灵的文学经典名著中，感悟道德的力量、审美的力量、艺术的力量、语言的力量，保卫想象力，巩固记忆力，滋养我们精神生命的成长，这是文学阅读的应有之理，应获之果。

长江文艺出版社奉献给广大小读者、同时也适合大读者阅读的这一套文学精品书系，我更愿意把它作为"经典"来解读。

界定"经典"是难的，如同"美是难的"一样。我曾在一篇文章中，对"文学经典"作过如下表述："所谓文学经典，就是那些打败了时间的文字、声音、表情，那些影响我们塑造人生，增加底气，从而改变我们精神高度的东西。"显然，文学经典是可以装上我们远行的背囊，陪伴我们一生的。因为，人的一生，在任何年龄，任何时空，都需要增加底气，增加精神的高度，这样的人生才不会在时间的潮汐中虚度遗恨。

经典阅读既是高雅的阅读行为与文学享受，但同时也是一种人文素养的养成性教育。对于一个正在发育和成长中的少年儿童，单有学校的教材教育是远远不够的。成长中的少年儿童，正处于"多梦的年代"，也处于"多思的年代"，他们正在逐步形成独立思维和个体情感，对自己所处的环境和未来发展需要有客观的认识与准备，需要养成积极乐观的人生态度、抗拒挫折的意志和能力，当他们今后走上社会与职场，独立面对自己的现实，独立承受自己的未来时，才不会茫然失措、无从应对。而这些精神"维生素"与人生智慧，往往深藏在经典名著之中。因而经典可以使人终身受益，在人的一生中发挥潜移默化的精神灯火作用。

长江文艺出版社奉献给广大读者朋友的这一套《暖心美读书》（名师导读美绘版），从文学史、精神史、阅读史的维度，萃取百年中外文学经典名著于一体，立足于少年儿童的阅读接受心理与精神追求，邀请名师进行导读，邀请画师配以美绘，从选文内容、文学品质、文体类型、装帧设计、图文配制等各个环节，都做到了目前能做到的"最高"功夫，可以说这是一套为新世纪的读者特别是广大少儿读者"量身定做"的文学精粹。

耶鲁学派的代表人物布鲁姆说："没有经典，我们就会停止思考。"经典的永恒价值在于凝聚起现实与历史、人生与人心、上代与下代之间向上向善向美的力量！

有一种力量，让成长充满审美。有一种力量，让青春刚柔并济。有一种力量，让梦想不再遥远。有一种力量，让未来收获吉祥。幻想激活世界，文学托举梦想。相信阅读，相信精神，相信文学的力量。

2017 年 2 月 9 日于北京师范大学文学院

打开满是爱的小箱子

陈琴

有些人,你一生或许都无缘谋面,却在你的生命里成为不可或缺的重要他人。因为有了他们,你的精神家园能植株千万棵丰硕鲜活的菩提大树而更为清凉;因为有了他们,你的心灵视域能超越俗世的藩篱而更为透亮;也因为有了他们,你的思想苇草能聚合更多正能量而变得坚韧刚毅。要是这些"他们"还是跟你同时代的人,你想想就会觉得幸福,就会不由自主地双手合十感恩!

毕淑敏,就是这些重要"他们"中的一员。

多年前,我读毕淑敏的第一本书《昆仑殇》,至今还记得自己的灵魂被她的笔力吸引,在西部最高的群峰中接受过一次极具冲击力的洗礼。掩卷之时,感觉脉搏在她的文字空隙里骤然变得急促:"向上是生,向下是死;头上是生,脚下是死。每一下举手投足,每一次吞吐呼吸,无不经历生死循环……"

生,还是死,这是个问题!一次普通的兵营拉练,因为有了毕淑敏的文字和镜头,从此成了永恒的画面,我也从此关注这位军旅医生的作品。

后来,陆续读了她的《预约死亡》《红处方》《拯救乳房》等,不由得感叹:怎样的一个女军医啊,才配有如此慈悲的心肠!

文章憎命达!和平而物质发达的时代,往往因为缺少史诗般的文学话题而令作家搁笔。但毕淑敏似乎有写不完的素材,也有讲不完的生活故事。她自然不算是天才作家，成名也很晚，可她从不写无病呻吟的文章，她的每一篇作品都是有意而为，没有迂回的渲染，常常是直奔主题，开诚布公地亮出自己的观点。她是以文字的方式给时代开药方。尤其是近几年来，她的散文更是成为热点，是合时宜而作的时论。尼采有言：一切文学，余独爱以血书者。通过一篇篇观点犀利、主题鲜明的短文，我们看到毕淑敏的真诚，感受到她对这个时代的热情，更敬佩她对青少年的慈母情怀。

  本卷辑录的文章，几乎囊括了毕淑敏作品中所有的散文精品，分为第一辑：我很重要；第二辑：比树更长久的精神之光；第三辑：心是一只美丽的小箱子；第四辑：让我们彼此善解人意。从编者给每一辑的命名就可见慧心独具，再读读每一辑中撷取的文章，不由得暗暗为编者点赞：编者是懂毕淑敏的，是值得读者信赖的。

  一本好的文萃集子，首先是有鲜明的编者意图的。此卷每一辑中的文章篇篇独立，论点不一，但每一篇又都是围绕"心灵"这个主题来生发感言，每一篇又似是相互呼应，相互印证。一个个独立的视点，如一根根神奇的彩丝，将毕淑敏在作品中的"散议"巧妙地编成了一张有思想磁力的织锦，读者一卷在手，似邂逅了一份阅读者熟悉的清凉。

  不可否认，所有关于"心灵"的内容都是文学永恒的主题。但难得的是，毕淑敏对于这个主题的写作似乎都是针对当下的"心灵问题"而开的文字诊所。

  譬如第四辑中的《友情：这棵树上只有一个果子，叫作信任》，一如作者言："现代人的友谊，很坚固又很脆弱。"在物质高速纷呈而信任急速隐退的今天，我们不得不承认在现实中要获得一个饱含"信任"的友情果子其实已经是极大的奢望了。你看，毕淑敏这样呼唤：

"非血之爱"！（爱一个和你没有血缘关系的人，是一种需要，一种渴望，一种智慧，一种对美与永恒的无倦追索。）毕淑敏还说"孝心无价"！"孝"这个中国人基因中不可丧失的德性曾经一度被某些别有用心的人诋毁得面目全非，而毕淑敏这样疾言："孝"是稍纵即逝的眷恋，"孝"是无法重现的幸福。"孝"是一失足成千古恨的往事，"孝"是生命与生命交接处的链条，一旦断裂，永无连接。在第三辑的《心是一只美丽的小箱子》，毕淑敏更是毫不掩饰自己的心思："我衷心希望每个人的小箱子里，都装满光明和友爱。"

一个作家，正是因为他（她）灵魂的小箱子里盛满了慈爱，才会让读者的心灵溢满暖暖的阳光。

其二，这个卷本当然是适合所有的读者，老少皆宜，但我更希望每一个青少年朋友能都读到它。因为青少年时期往往容易出现思维活跃却难以深刻的窘态，还容易陷入感慨万千却无法言说的尴尬，此时你要是能静心读透这本集子中的每一篇文章，无疑相遇了一位真诚的益友。孔子云："益者三友：友直，友谅，友多闻。"毕淑敏在评点当下世态时从来是正直用笔，而她对现实的直言中又不乏宽厚体谅，最令读者信服的是她确实是"多闻"之友。"多闻"的优势往往令一个人的思维力熠熠生辉。一个小小的细节，一个寻常的话题，经由毕淑敏的文字表述后，常常在不经意间就把读者带往一个新的高度，这就是功夫。一个要借助文字表达情感的读者，太应该学习这种功夫了。

比如，《感动是一种能力》这样的话题，要是聪明的你来论述，会从何处下笔？当然会有许多文字高手纵横捭阖，恣意汪洋，自有高论。可看看毕淑敏是怎样点开这个谜团的："感动在词典上的意思是——'思想感情受外界事物的影响而激动，引得同情或向慕。'虽然我对这本辞典抱有崇高的敬意，依然认为这种说法不够精准，甚至有点词不达意。难道感动是如此狭窄，只能将我们引向同情或是向慕的小道吗？这对'感动'来说，似乎不全面、不公平吧？感动比这要丰饶得多，辽阔得多，深邃得多啊。"思想的闪光处在于不落俗套，常有迥异于人的独见。这样的巧思却以极其朴实的文字娓娓道来，对弱于用文字的写作朋友而言，不是很好的教材吗？

又如，毕淑敏的视觉感常常令读者佩服，似在幽深的隧道中有一束奇异的光瞬间照亮漆黑的思想死角。单看《没有一棵小草自惭形秽》《提醒幸福》《购买一个希望》《风不能把阳光打败》《节令是一种命令》《鱼在波涛下微笑》……这类题目，岂是庸常思维中的灵光？

读了这本册子，我有一个强烈的感觉，毕淑敏的很多文章确实可以入选我们的中小学教材，甚至大学的语文读本。她的每一篇散文几乎都给读者提供了一个写作的范例：关注生活常态，聚焦一个思考点，亮出自己的观点。

即使有些看似随笔的文章，也值得读者珍视。比如像《倾听天下的声音》这样的组文，像是十七段自言自语的感言，又像是十七篇短小的日记，可是组合在一起又并不散乱，反而极大地拓展了时空，令人遐思翩翩，以最后一篇关于"幸福"的论述终结："幸福，究竟是什么？把人生凝固成一个苹果，用时间的锋刀将它切开。哦，终于发现，在苹果的最深处，藏着一个星星一般的核，这就是苹果的心脏，所有的果肉都围绕着这颗星星成长，幸福也有大抵如此的规律，当你围绕着一个目标凝聚而奋斗的时候，你才会感到幸福。"

毕淑敏的思考是有光芒的，常常在乍现之时就照亮了读者的思维盲点；毕淑敏的情怀是炙热型的，常常在直抒胸臆的那一刻，就令读者视为高师挚友；毕淑敏的文字是有神力的，常常在不经意间，就令读者的精神脊柱应声拔节。

让我们一起来读，或再读这本集子，轻轻打开这只盛满爱的魔术箱，哪怕只为记住这一句话，也是值得的——

我很重要——重要并不是伟大的同义词，它是心灵对生命的允诺。

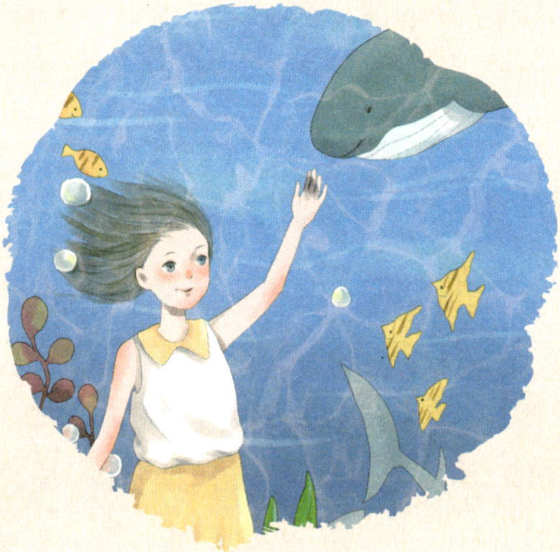

目录 CONTENTS

「第一辑 我很重要」

- 002 优点零
- 004 每只小狗都有一个目标
- 008 谎言三叶草
- 013 我很重要
- 017 人生有三件事不可俭省
- 019 阅读是一种孤独
- 023 倾听天下的声音
- 033 鱼在波涛下微笑
- 035 节令是一种命令
- 038 礼物会消失吗？
- 043 呵护心灵
- 050 我的五样
- 056 造心

「第二辑 比树更长久的精神之光」

- 062 苦难之后
- 066 风不能把阳光打败
- 069 每一天都去播种
- 072 电脑仆人
- 078 斯特朗的地毯鞋
- 083 比树更长久的变化的哀伤
- 087 绿手指
- 089 购买一个希望
- 092 没有一棵小草自惭形秽
- 094 化贫苦为神奇
- 097 学会看病
- 099 无形容颜
- 102

第三辑 心是一只美丽的小箱子

108 提醒幸福
112 坦言——心灵的力量
117 感动是一种能力
119 心是一只美丽的小箱子
122 自信第一课
127 心是……
129 珍惜愤怒
131 被老师读作文的时候
136 流露你的真表情
141 谈怕
144 忍受快乐
148 人生的第二志愿
152 每天都冒一点险
156 教养的证据

第四辑 让我们彼此善解人意

163 友情：这棵树上只有一个果子，叫作信任
165 非血之爱
167 让我们彼此善解人意
169 常常爱惜
171 再选你的父母
174 蓝色萝卜
178 母爱
181 带白蘑菇回家
183 剥豆
186 青虫之爱
191 豆角鼓
193 格布上的花

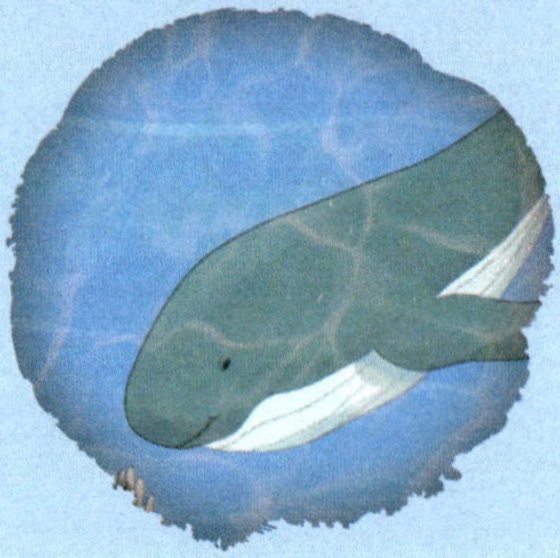

第一辑 我很重要

重要并不是伟大的同义词,它是心灵对生命的允诺。

优点零

一位专门从事儿童心理研究的朋友告诉我,他发给孩子们一张表,让每人填写自己的优缺点和美好的愿望。孩子们很认真地填写好了,把表交了上来。他一看,顿时傻了眼。

很多孩子填的是——优点零,愿望零。

我对世上是否存在没有优点的成人,不敢妄说。但我确知世上绝无没有优点的孩子。我或许相信世上有丧失愿望的老人,但我无法想象没有愿望的孩子将有怎样枯萎的眼神。

不知道愿望和优点,这两样对人起激励作用的要素,假若排出丧失的顺序,该孰先孰后?是因为丧失了愿望,百无聊赖,才随之沉没,成为没有优点的少年,还是一个孩子首先被剥夺了所有的优点,心如死灰,之后再也不敢奢谈一丝愿望?也许它们如同绞缠在一起的铅丝,分不出谁更冰冷僵硬?

没有愿望,必是一个死寂的世界。孩子不再期望黎明,因为每一天都被功课塞满,晴天看不到太阳,阴天闻不到雪花,日出日落又有何不同。不再留意鲜花,因为世界一片苍白,眼中暗淡了温暖的色彩。不再珍视夜晚,因为厚重的眼镜遮挡了星光，即使抬头也是泪眼蒙眬。不再盼望得到师长的嘉奖，因为那不过是成人层层加码的裹了蜜糖的手段……

没有优点的孩子，内心该怎样痛楚地喘息？见过一个胖胖的男孩。当幼儿园老师第一次问：谁觉得自己是个美男子？他忙不迭地从最后一排挤到前面，表示自己属于其中一员。可惜他紧赶慢赶，动作还是晚了一点。另有好几个男孩抢在前面，在老师面前排成自豪的一排。没想到老师伶牙俐齿地向他们说，还真有你们这么不知天高地厚的，竟觉得自己是美男子，臊不臊啊？后来，那几个男孩子，开始为自己的容貌羞涩，无法像以前那样快活。

这是一个简单的例子，但也可说明一点问题。每一个渐渐长大的孩子，如果成人爱他，他也会认为自己是可爱的。他会感觉到自己是天地间的一个宝贝，他的生命的存在就是一个大优点。假若成人粗暴地打击他，奚落他，嘲讽他，鞭挞他，那脆弱的小生灵，就会被利剪截断双翅，从此萎靡下来，或许跌落尘埃，一蹶不振。

看不到自身优点的人，必也看不到他人的优点。他们的谦恭，可能是高度自卑下的懦弱。他们的服从，可能掩饰着深刻的妒忌和反叛。他们的忍让，可能埋藏着刻骨的怨恨。他们的赞美，可能表里不一，信口雌黄……

我以为愿望是人生强大的动力之一，假若人类丧失愿望，世界就在那一瞬停止了前进的引擎。因为有跑的愿望，人们有了汽车；因为有说话的愿望，人们有了电话；因为有飞的愿望，人们有了飞机；因为有传递和交换的愿望，人们有了互联网……

优点和愿望，是孩子们的双腿。希望有一天看到他们填写的表格上这样写着——优点多多，愿望无限。

每只小狗都有一个目标

有一对夫妇有两个孩子，一个叫莎拉，一个叫克里斯蒂。当孩子还小的时候，父母决定为他们养一只小狗。小狗抱回来以后，他们想请一位朋友帮忙训练这只小狗。他们搂着小狗来到朋友家，安然坐下，在第一次训练前，女驯狗师问："小狗的目标是什么？"夫妻俩面面相觑，很是意外，他们实在想不出狗还有什么另外的目标，嘟囔着说："一只小狗的目标？那当然就是当一只狗了。"女驯狗师极为严肃地摇了摇头说："每只小狗都得有一个目标。"

夫妇俩商量之后，为小狗确立了一个目标——白天和孩子们一道玩，夜里要能看家。后来，小狗被成功地训练成了孩子的好朋友和家中财产的守护神。

这对夫妇就是美国的前任副总统阿尔·戈尔和他的妻子迪帕。他们牢牢地记住了这句话——做一只狗要有目标。推而广之，做一个人也要有目标。

在现实生活中，却有太多太多的人，没有目标。其实寻找目标并不是一件太难的事，关键是你要知道天下有这样一件唯此唯大的事，然后尽早来做。它将是你最亲爱的伙伴，其血肉相连的程度，绝对超过了你和你的父母，你和你的妻子儿女，你和你的同伴和领导的关系。你可能丧失了所有的财产和所有的亲人，但只要你的目标还在，你就还有一个完整的系统存在，你就并不孤独和无望。

我们常常把别人的期待当成了自己的目标，在孩童的时候，这几乎是顺理成章的事情。但是，你会渐渐地长大，无论别人的期望是怎样美好，它也不属于你。除非有一天，你成功地在自己的心底移植了这个期望，这个期望生根发芽，长成了你的目标。那时，尽管所有的枝叶都和原本的母本一脉相承，但其实它已面目全非，它的灵魂完完全全只属于你，它被你的血脉所濡养。

我们常常把世俗的流转当成自己的目标。这一阵子崇尚钱，你就把挣钱当成了自己的目标。殊不知钱只是手段而非目标，有了钱之后，事情远远没有结束。把钱当成目标，就是把叶子当成了根。目标是终极的代名词，它悬挂在人生的瀚海之中，你向它航行，却永远不会抵达。你的快乐就在这跋涉的过程中流淌，而并非把目标攫为己有。从这个意义上说，钱不具备终极目标的资格。过一阵子流行美丽，你就把制造美丽保存美丽当成了目标。殊不知美丽的标准有所不同，美丽是可以变化的，目标却是相当恒定的。美丽之后你还要做什么？美丽会褪色，目标却永远鲜艳。

有人把快乐和幸福当成了终极目标，这也值得推敲。快乐并不只是单纯的快感，类乎饮食和繁殖的本能。科学家通过研究，发现最长远最持久的快乐，来自于你的自我价值的体现。而毫无疑问，自我价值是从属于你的目标感，一个连目标都没有的人，何谈价值呢？

一棵树的目标也许是雕成大厦的栋梁，也许是撑一把绿伞送人阴凉，也许是化作无数张白纸传递知识，也许是制成一次性筷子让人大快朵颐……还有数不清的可能性，我们不是树，我们不可能穷尽也不可能明白树的心思。我们是人，我们可以为自己确立一个目标，这是做人的本分之一。

谎言三叶草

人总是要说谎的。谁要是说自己不说谎，这就是一个彻头彻尾的谎言。有的人一生都在说谎，他的存在就是一个谎言。有的人偶尔说谎，除了他自己，没有人知道这是一个谎言。谎言在某些时候只是说话人的善良愿望,只要不害人,说说也无妨。

小的时候在幼儿园,每天游戏时有一个节目,就是小朋友说自己家里有什么玩具。一个小朋友说,我家有一个玩具火车,像一间房子那样长……我呆呆地看着那个男孩,前一天我才到他家玩过,绝没有看到那么庞大的火车……我本来是可以拆穿这个谎言的,但是看到大家那么兴奋地注视着说谎者,我不由自主地说:我们家也有一列玩具火车,像操场那么长……

哇哇!那么长的火车,多好啊!小伙伴齐声赞叹。

那你明天把它带到幼儿园里让我们看看好了。那个男孩沉着地说。

好啊！好啊！大家欢呼雀跃。

我幼小身体里的血脉一下凝住了。天啊，我到哪里去找那么宏伟的火车？也许世界上根本就没有造出来！

我看着那个男孩，我从他小小的褐色眼珠里读出了期望。

他为什么会这么有兴趣？依我们小小的年纪，还完全不懂得落井下石……想啊想，我终于明白了！

我大声对他也对大家说：让他先把房子一样大的火车拿来给咱们看了，我就把家里操场大的火车带来。

危机就这样缓解了。第二天，我悄悄地观察着大家。我真怕大伙追问那个男孩，因为我知道他是拿不出来的。大家在嘲笑了他之后，就会问我要操场一般的玩具火车。我和那个男孩忐忑不安，彼此没说什么。我的小小的心提在喉咙口好久，我怕哪个记性好的小朋友突然想起来。但是日子一天天平安地过去了，大家都遗忘了，甚至在以后再提起玩具的时候，我吓得要死，也并没有人说火车的事。真正把心放下来是从幼儿园毕业的那一天。我像鸟儿一样地轻松了，再也不要为那列子虚乌有的火车操心了。

这是我有记忆以来最清晰的一次说谎，它给我心理上造成的沉重负担，简直是童年之最。在漫长的岁月里我无数次地反思，总结出几条教训。

一是撒谎其实不值得。图了一时之快活，遭了长期之苦难。占小便宜吃大亏。不到万不得已，不要说谎。

二是说谎很普遍。且不说那个男孩显然在说谎，就是其他的小朋友，也经常浸泡在谎言之中。证据就是他们并不追问我大火车的下落了。小孩的记性其实极好，他们不问，并不是忘了，他们知道这是一个骗局。他们之所以能看清，是因为同病相怜。

三是说谎是一门学问，需要好好研究。主要是为了找出规律，知道什么时候可说谎，什么时候不可说谎，划一个严格的界限。附带的是要锻炼出一双能识别谎言的眼睛，在苍茫的人海中谨防受骗。

修炼多年，对于说谎的原则，有了些许心得。

平素我是不说谎的，没有别的理由，只是有点怕累。人活在世上，真实的世界已经有太多的麻烦，再加上一个虚幻世界掺和在里面，岂不更乱了套？但在我心灵深处，生长着一棵谎言三叶草。当它的每一片叶子都被我毫不犹豫地摘下来的时候，我就开始说谎了。

它的第一片叶子是善良。不要以为所有的谎言都是恶意，善良更容易把我们载到谎言的彼岸。我当过许多年的医生，当那些身患绝症的病人殷殷地拉了我的手，眼巴巴地问：大夫你说我还能治好吗？我总是毫不踌躇地回答：能治好！我甚至不觉得这是一个谎言。它是我和病人共同的希望，在不远的微明处闪着光。当事情没有糟到一塌糊涂的时候，善良的谎言也是支撑我们前进的动力啊！

三叶草的第二片叶子是此谎言没有险恶的后果，更像是一个诙谐的玩笑或是温婉的借口。比如文学界的朋友聚会是一般人眼中高雅的所在。但我多半是不感兴趣的。但人家邀了你，是好意，断然拒绝，不但不礼貌，也是一种骄傲的表现，和我本意相距太远。这种时候，我一般都是找一个借口推托了。比如我说正在写东西，或是已经有了约会……总之让自己和别人都有台阶下。这算不算撒谎？好像要算的。但它结了一个甜甜的果子，维护了双方的面子。

第三片叶子是我为自己规定的——谎言可以为维护自尊心而说。我们

常会做错事。错误并没有什么了不起，改过来就是了。但因了错误在众人面前伤了自尊心，就由外伤变成了内伤，不是一时半会儿治得好的。我并不是包庇自己的错误，我会在没有人的暗夜，深深检讨自己的缺憾。但我不愿在众目睽睽之下，把自己像一块次品展览。也许每个人对自尊的感受不同，但大多数人在这个问题上都很敏感。为了自尊，我们可以说谎，同样是为了自尊，我们不可将谎言维持得太久。因为真正的自尊是建立在不断地完善自己的地基之上的，谎言只不过是暂时的烟雾。它为我们争取来了时间，我们要在烟雾还没有消散的时候，把自己整旧如新。假如沉迷于自造的虚幻，烟雾消散之时，现实将更加窘急。

随着年龄的增长，心田的谎言三叶草渐渐凋零。我有的时候还会说谎，但频率减少了许多。究其原因，我想，谎言有时表达了一种愿望，折射出我们对事实朦胧的希望。生命的年轮一圈圈加厚，世界的本来面目像琥珀中的甲虫，越发纤毫毕现，需要我们更勇敢地凝视它。我已知觉人生的第一要素不是"善"而是"真"。

有的人总是说谎，那不是谎言三叶草的问题，而简直是荒谬的茅草屋了。对这种人，我并不因为自己也说过谎而谅解他们。偶尔一说和家常便饭地说，还是有原则区别的。

中国有句古话，叫作"人之将死，其言也善"。我觉得这个"善"字就是真实的意思。也就是说，人到临死的时候，就不说谎了。但这个省悟，似乎来得太晚了点。

我很重要

当我说出"我很重要"这句话的时候,颈项后面掠过一阵战栗。我知道这是把自己的额头裸露在弓箭之下了,心灵极容易被别人的批判洞伤。

许多年来,没有人敢在光天化日之下表示自己"很重要"。我们从小受到的教育都是——"我不重要"。

作为一名普通士兵,与辉煌的胜利相比,我不重要。

作为一个单薄的个体,与浑厚的集体相比,我不重要。

作为一位奉献型的女性,与整个家庭相比,我不重要。

作为随处可见的人的一分子,与宝贵的物质相比,我们不重要。

当我在国外的一份刊物上看到"一个人的价值胜于整个世界"的口号时,曾大惑不解。我们——简明扼要地说,就是每一个单独的"我"——到底重要还是不重要?我是由无数星辰日月草木山川的精华汇聚而成的。只要计算一下我们一生吃进去多少谷物,饮下了多少清水,才凝聚成一具美轮美奂的躯体,我们一定会为那数字的庞大而惊讶。平日里,我们尚要珍惜一粒米、一叶菜,难道可以对亿万粒菽粟亿万滴甘露滋养出的万物之灵,掉以丝毫的轻心吗?当我在博物馆里看到北京猿人窄小的额和前凸的唇时,我为人类原始时期的粗糙而黯然。他们精心打制出的石器,用今天的目光看来不过是极简单的玩具。如今很幼小的孩童,就能熟练地操纵语言,我们才意识到已经在进化之路上前进了多远。我们的头颅就是一部历史,无数祖先进步的痕迹储存于脑海深处。我们是一株亿万斯年苍老树干上最新萌发的绿叶,不单属于自身,更属于土地。人类的精神之火,是连绵不断的链条,作为精致的一环,我们否认了自身的重要,就是推卸了一种神圣的承诺。

回溯我们诞生的过程,两组生命基因的嵌合,更是充满了人所不能把握的偶然性。我们每一个个体,都是机遇的产物。常常遥想,如果是另一个男人和另一个女人,就绝不会有今天的我……即使是这一个男人和这一个女人,如果换了一个时辰相爱,也不会有此刻的我……即使是这一个男人和这一个女人在这一个时辰,由于一片小小落叶或是清脆鸟啼的打搅,依然可能不会有如此的我……一种令人怅然以致走入恐惧的想象,像雾霭一般不可避免地缓缓升起,模糊了我们的来路和去处,令人不得不断然打住思绪。

我们的生命,端坐于概率垒就的金字塔的顶端。面对大自然的鬼斧神工,我们还有权利和资格说我不重要吗?对于我们的父母,我们永远是不可重复的孤本。无论他们有多少儿女,我们都是独特的一个。假如我不存在了,他们就空留一份慈爱,在风中蛛丝般无法附骥地飘荡。假如我生了病,他们的心就会皱缩成石块,无数次向上苍祈祷我的康复,甚至愿灾痛以10倍的烈度降临于他们自身,以换取我的平安。我的每一滴成功,都如同经过放大镜,进入他们的瞳孔,摄入他们心底。假如我们先他们而去,他们的白发会从日出垂到日暮,他们的泪水会使太平洋为之涨潮。面对这无法承载的亲情,我们还敢说我不重要吗?

我们的记忆,同自己的伴侣紧密缠绕在一处,像两种混淆于一碟的颜色,已无法分开。你原先是黄,我原先是蓝,我们共同的颜色是绿,绿得生机勃勃,绿得苍翠欲滴。失去了妻子的男人,胸口就缺少了生死攸关的肋骨,心房裸露着,随着每一阵轻风滴血。失去了丈夫的女人,就是齐斩斩折断的琴弦,每一根都在雨夜长久地自鸣……面对相濡以沫的同道,我们忍心说我不重要吗?

俯对我们的孩童,我们是至高至尊的唯一。我们是他们最初的宇宙,我们是深不可测的海洋。假如我们隐去,孩子就永失淳厚无双的血缘之爱,天倾东南,地陷西北,万劫不复。盘子破裂可以粘起,童年碎了,永不复原。伤口流血了,没有母亲的手为他包扎。面临抉择,没有父亲的智慧为他谋略……面对后代,我们有胆量说我不重要吗?

与朋友相处,多年的相知,使我们仅凭一个微蹙的眉尖,一次睫毛的抖动,就可以明了对方的心情。假如我不在了,就像计算机丢失了一份不曾复制的文件,他的记忆库里留下不可填补的黑洞。夜深人静时,手指在揿了几个电话键码后,骤然停住,那一串数字再也用不着默诵了。逢年过节时,她写下一沓沓的贺卡。轮到我的地址时,她闭上眼睛……许久之后,她将一张没有地址只有姓名的贺卡填好,在无人的风口将它焚化。相交多年的密友,就如同沙漠中的古陶。摔碎一件就少一件,再也找不到一模一样的成品。面对这般友情,我们还好意思说我不重要吗?

我很重要。我对于我的工作我的事业,是不可或缺的主宰。我的别出心裁的创意,像鸽群一般在天空翱翔,只有我才捉得住它们的羽毛。我的设想像珍珠一般散落在海滩上,等待着我把它用金线穿起。我的意志向前延伸，直到地平线消失的远方……没有人能替代我，就像我不能替代别人。我很重要。我对自己小声说。我还不习惯嘹亮地宣布这一主张，我们在不重要中生活得太久了。

我很重要。我重复了一遍，声音放大了一点。我听到自己的心脏在这种呼唤中猛烈地跳动。我很重要。我终于大声地对世界这样宣布。片刻之后，我听到山岳和江海传来回声。是的，我很重要。我们每一个人都应该有勇气这样说。我们的地位可能很卑微，我们的身份可能很渺小，但这丝毫不意味着我们不重要。重要并不是伟大的同义词，它是心灵对生命的允诺。对于一株新生的树苗，每一片叶子都很重要。对于一名孕育中的胚胎，每一段染色体碎片都很重要。甚至驰骋寰宇的航天飞机，也可以因为一个油封橡皮圈的疏漏而凌空爆炸，你能说它不重要吗？

人们常常从成就事业的角度，断定我们是否重要。但我要说，只要我们在时刻努力着，为光明在奋斗着，我们就是无比重要地生活着。让我们昂起头，对着我们这颗美丽的星球上无数的生灵，响亮地宣布——我很重要。

人生有三件事不可俭省

无论世界变得如何奢华，我还是喜欢俭省。这已经变得和金钱没有很密切的关系，只是一个习惯。我这样说，实在是因为俭省的机会其实很廉价，俯拾即是遍地滋生。比如不论牙膏管子多么丰满，但你只能在牙刷毛上挤出大约1.5到2厘米的膏条，而不是1尺长。因为你用不了那么多，你不能把自己的嘴巴变成螃蟹聚会的洞穴。再比如无论你坐拥多少橱柜的衣服，当暑气蒸人的时候，你只能穿一件纯棉的T恤衫。如果把貂皮大衣焐在身上，轻则长满红肿热痛的痱毒，重了就会中暑倒地一命呜呼。俭省比奢华要容易得多，是偷懒人的好伴侣——用最直截了当的方式和最小的花费直抵目标。

然而有三件事你不能俭省。

第一件事是学习。学习是需要费用的，就算圣人孔子，答疑解惑也要收干肉为礼。学习费用支出的时候，和买卖其他货物略有不同。你不知道究竟能得到多少知识，这不单决定于老师的水平，也决定于你自己的状态。这在某种情况下就有点隔山买牛的味道，甚至比股票的风险还大。谁也不能保证你在付出了学费之后一定能考上大学，你只能先期投入。机遇是牵着婚纱的小童,如果你不学习,新娘就永远不会出现在你人生的殿堂。

第二件事是旅游。每个人出生的时候都是蝌蚪,长大了都变作井底之蛙。这不是你的过错,只是你的限制,但你要想法弥补。要了解世界,必须到远方去。旅游是需要花钱的,谁都知道。旅游的好处却不是一眼就能看到的,常常需要日积月累潜移默化的蓄积。有人以为旅游只是照一些相片买一些小小的工艺品,其实不然。旅行让我们的身体感悟到不同的风和水,我们的头脑也在不同风情的滋养下变得机敏和多彩。目光因此老辣,谈吐因此谦逊。

第三件事情是锻炼身体。古代的人没有专门锻炼身体的习惯,饥一顿饱一顿全无赘肉。生存的需要逼得他们不停奔跑狩猎,闲暇的时候就装神弄鬼,在岩壁上凿画,在篝火边跳舞,都不是轻体力劳动,积攒不下多余的卡路里。社会进步了,物质丰富了,用不完的热量成了我们挥之不去的负担。于是要人为地在机器上跋涉,在充满氯气的池子里浮沉,在人造的雪花和冰面上打滚,在矫揉造作的水泥峭壁上攀爬……这真是愚蠢的奢侈啊,可我们没有办法,只有不间断地投入金钱,操练贫瘠的肌肉和骨骼,以保持最起码的力量和最基本的敏捷。有没有省钱的方法呢?其实也是有的。把人生当作课堂,向一切人学习,就省了上学的钱。徒步到远方去,就省了旅游的钱。不用任何健身器械,就在家里踢毽子高抬腿做广播体操……就省了健身的钱。然而,这也是破费,因为我们付出了时间。

阅读是一种孤独

　　阅读的感觉难以比拟。

　　它有些像吃。对于头脑来说，渴望阅读的时刻必定虚怀若谷。假如脑袋装得满满当当，不断溢出香槟酒一样的泡沫，不论这泡沫是泛着金黄的铜彩还是热恋的粉红，都不宜于阅读，尤其是阅读名著。

　　头脑需嗷嗷待哺，像荒原上觅食的狼。人愈是年轻的时候，愈是贪吃。随着年龄的增长，我们吃得渐渐地少了，但要求渐渐地精了。我们知道了什么于我们有益，什么于我们无补。我们不必像小的时候，总要把整碗面都吃光，才知道碗底下并没有卧着个鸡蛋。我们以为是碗欺骗了我们，其实是缺少经验。有许多长寿的人，你问他常吃什么食品，他们回答说：什么都吃，并无特殊的禁忌。但有许多东西他们只尝一口，就尖锐地判断出成色。我想寿星佬的胃一定都是很坚强的，只有一个坚强的胃才能养活得了一个聪明的脑。读书也是一样，好的书，是人参燕窝熊掌，人生若不大快朵颐，岂不白在世上潇洒走过一回？坏的书，是腐肉砒霜氰化物，浪费了时间贻误了性命。关于读什么书好的问题，要多听老年人的意见，他们是有经验的水手。也许在航道的选择上有趋于保守的看法，但他们对于风

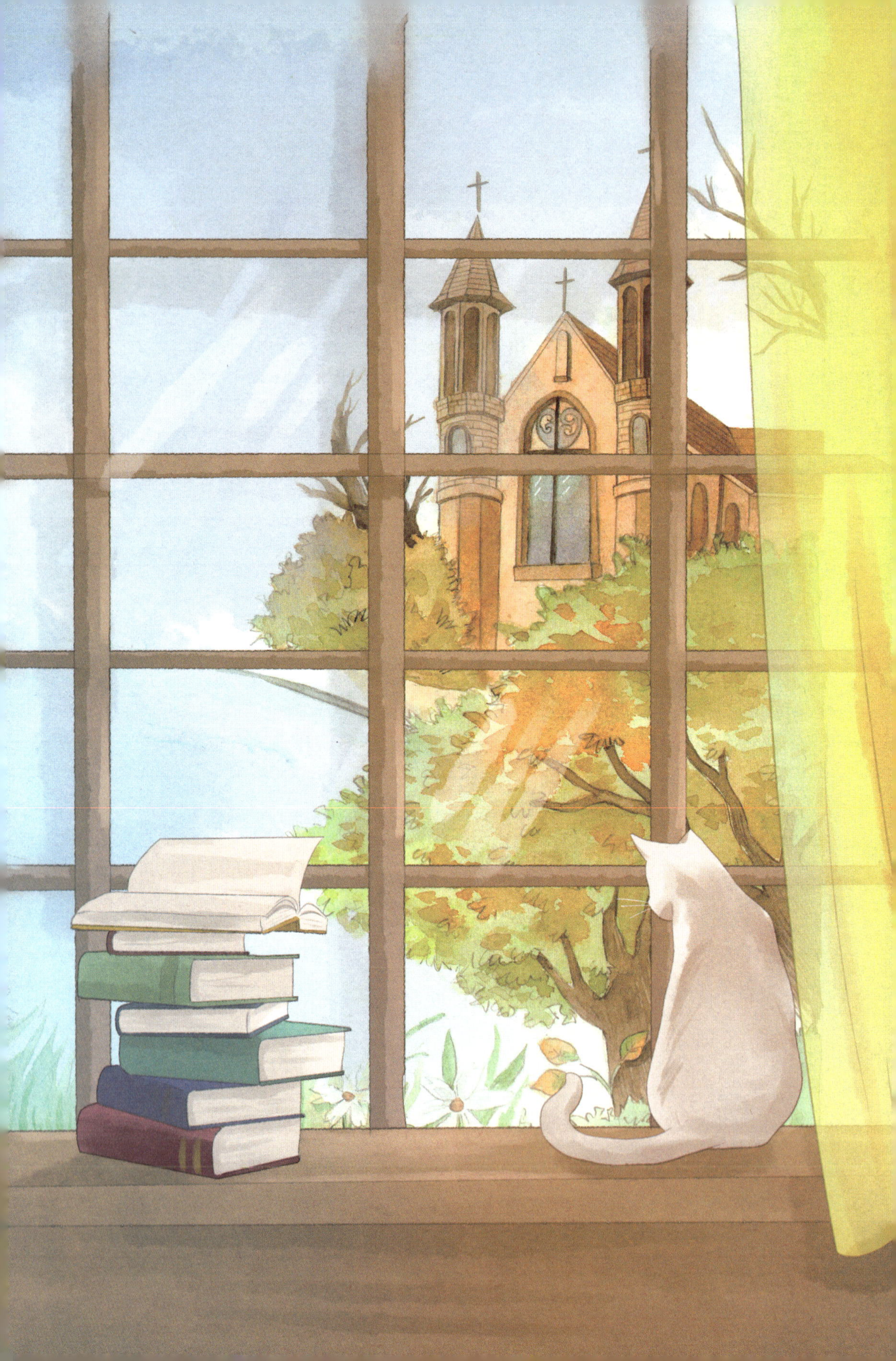

暴的预测绝对准确。名著一般多是经过了许多年代的考验，是被大师们的智慧之磨研磨了无数遭的精品。读的时候，像烈火烹油的满汉全席，为大享乐。

它有些像睡。我小的时候，当我忧愁，当我病痛，当我莫名其妙烦躁的时候，妈妈总是摸着我的头说，去睡吧。睡一觉也许就好了。睡眠中真的蕴藏着奇妙的物质，起床的时候我们比躺下时信心倍增。阅读是一种精神的按摩，在书页中你嗅得见悲剧的泪痕，摸得着喜剧的笑靥，可以看清智者额头的皱纹，不敢碰撞勇士鲜血淋淋的创口……当合上书的时候，你一下子苍老又顿时年轻。菲薄的纸页和人所共知的文字只是由于排列的不同，就使人的灵魂和它发生共振，为精神增添了新的钙质。当我们读完名著的最后一个字时，仿佛从酣然梦幻中醒来，重又生机盎然。

它有些像搏斗。阅读的时候，我们不断同书的作者争辩。我们极力想寻出破绽，作者则千方百计把读者柔软的思绪纳入他的模具。在这种智力的角斗中，我们往往败下阵来。但思维的力度却在争执中强硬了翅膀。在读名著的时候，我常常在看上一页的时候，揣测下一页的趋势。它们经常同我的想象悬殊甚远。这种时候我会很高兴，知道自己碰上了武林中的高手。大师们的著作像某一流派掌门人的秘笈，记载着绝世的功法。细细研读，琢磨他们的一招一式，会在潜移默化中悟出不可言传的韵律。只是江湖上的口诀多藏之深山之密室，各个学科大师们的真迹却是唾手而得。由于它的廉价和平凡，人们常常忽视了它的价值。那是古往今来人类最智慧的大脑留给我们的结晶啊！我一次次在先哲们辉煌的思辨与精湛的匠艺面前顶礼膜拜，我一次次在无与伦比的语言搭配之下惊诧莫名……我战胜自己的怯懦不断地阅读它们，勇敢地从匍匐中站起。我知道大师们在高远的天际微笑着注视着后人，他们虽然灿烂却已经凝固。他们是秒表上固定了的纪录，是一根不再升高的横杆。今人虽然暗淡，但我们年轻。作为阅读者，我们还处在生命的不断蜕变之中，蛹里可能飞出美丽的蝴蝶。在阅读中，我们被征服。我们在较量中蓬勃了自身，迸发出从未有过的力量。

阅读是一种孤独。几个人共看一本书，那只是在极小的时候争抢连环画。它同看电影看录像听音乐会是那样的不同。前者是一块巨大的生日蛋糕可以美味地共享，后者只是孤灯下的一盏清茶，只可独啜，倾听一个遥远的灵魂对你一个人的窃窃私语。他在不同的时间对不同的人说过同样的话，但你此时只感觉他在为你而歌唱。如果你不听，他也不会恼，只会无声地从书页里渗出悲悯的叹息。你啪地合上书，就把一代先哲幽禁在里面。但你忍不住又要打开它，穿越历史的灰尘与他对话。

阅读名著不可以在太快乐的时光。人们在幸福的时候往往读不进书。快乐是一团粉红色的烟雾，易使我们的眼睛近视。名著里很少恭维幸运的话语，它们更多是苦难之蚌分泌的珍珠。

阅读名著也不可在富裕的时刻。阅读其实是思索的体操，富裕的膏脂太多时，脑子转动得就慢了。名著多半是智者饿着肚子时写成的，过饱者是不大读得懂饥饿的文字的。真正的阅读，可以发生在喧嚣的人海，也可以坐落在冷峻的沙漠。可以在灯红酒绿的闹市，也可以在月影婆娑的海岛。无论周围有多少双眼睛，无论分贝达到怎样的嘈杂，真正的阅读注定孤独。那是一颗心灵对另一颗心灵单独的捶击，那是已经成仙的老爷爷特地为你讲的故事。

倾听天下的声音

一、倾听天下的声音

索伊拉笔下的孩子，看到了那么丰富多彩的世界。我相信，其实你我都看到过蚂蚁搬家，蝴蝶飞舞……儿时的记忆与此有着千丝万缕的关联，也由此得出种种激动和快乐。

从什么时候开始，记忆中的这一切都被漂得褪了色？我们迎接蚂蚁的快乐眼神，换成了冰冷冷的杀虫剂。

我们慢慢长大，蚂蚁仍是原样。蚂蚁和蝴蝶，对心灵的影响始终存在。成长中，我们被告知，倾听蚂蚁的声音是一种愚蠢，因此产生感动就加倍的愚蠢。于是我们渐渐堵了自己的耳朵，蒙了自己的眼睛，封锁了自己的心……

倾听天下的声音，几乎成了儿童的专利。多希望孩子可以长大，但倾听永不消失。

二、顶楼的房客

每个人的心底都有一座楼。楼不高，只有矮矮的几层，可它非比寻常。你用什么奠定它的基石？你用什么修葺它的墙壁？你用什么涂抹它的房顶？你用什么装饰它的回廊？最重要的是，它的房间里住着怎样的房客？

这座楼就是我们的良心啊。不要小看了这座楼，它主宰着我们的思维和行动。尤其是顶楼的位置，如同航空母舰的船长室，具有一呼百应的威严。

在人类进化的过程中，不但有了越来越发达的科技，也积累了宝贵的精神财富：这就是善良，勇敢，诚实，坚定，柔韧，助人为乐，百折不挠等高贵品质。把这双份的遗产传承下去，是人类得以发展和进步的最基本的保证。

是谁住在你的顶楼？请检查一下你的房客的身份证，确认谁是你的司令官？

三、童年画

在我们的印象里，童年像什么呢？

它可能是油炸薯条的味道，也可能是雨后青草的呼吸。它可能是琅琅的读书声，也可能是赛场上迸发的呐喊。

我猜想，即使是哲学家，他的童年也不会只有无止境的思索。即使是科学家，他的童年也充满着风和树的影子。

当爱因斯坦钉出一个歪歪扭扭的小凳子，当爱迪生趴在稻草上准备孵鸡蛋，那种时刻的快乐，该不会比他们创立相对论和发明灯泡时少吧？

岁月把苦难酿成了感动，贫困时的相濡以沫变成了贴身的温暖。回望童年，才愕然发现，深藏在记忆里的风景，不用刻意思考，存在的就是快乐。

四、家比天大

我们看到许多回忆父母的文章,深深地被感动。因为这是世界上最纯粹最无功利的爱,一如月亮洒向大地的清辉。中国有句古话,叫"儿不嫌母丑,狗不嫌家贫",我对狗没有研究,不敢妄说,前半句觉得几分不确,似可改成"母不嫌儿丑",本章节中的几条笨笨可为我作证。

家肯定是没有天大的,但在孩子的眼里,家就是一切,父母就是一切。孩子越小,家就越大,当孩子长大之后,家就渐渐地小了,天就真正大了起来。孩子从家中走出,头上蔚蓝的天空。

五、爱的阶梯

善良的爱,悲伤的爱,广博的爱,狭隘的爱……形形色色的爱,构成了我们的生活。

爱,究竟是什么?

我把爱分成了血缘之爱和非血缘之爱。前一种爱,包括父爱和母爱、爷爷爱、姥姥爱……因为是亲人,因为有血脉相连,这爱有纯天然的成分在内,固然可歌可泣,但范围总是有限的。还有一种更宏大的爱,爱和你没有血缘关系的人,爱大自然,爱历史,爱动物,爱植物,爱地球,爱一个路边等车的陌生人……

并不是说前一种爱就不宝贵,那是真爱的核心。试想一个连自己的父母都不爱的人,何谈爱祖国和他人!但后一种爱,有着更辽阔的覆盖,有着更深刻的意义,甚至有着更曲折的过程。

六、终身制职业

我是谁？所有的人，无认是男人还是女人，无论是孩子还是成人，都会这样问自己。

人们通常用属加种差的方法来认识问题。比如说，一个正直的人。首先，他是一个人。其次，他与众不同的地方在于他的正直。

据说女娲造人的时候，先是用泥土将人一个个捏出形状，所以每个人都是不同的。这样操作很辛苦，速度也很慢，女娲就开始用绳子甩泥，溅落的泥点子被太阳晒干后，也变成了人。按说这后一种人该是一模一样的吧？细细想来，也不同。绳子甩动的方向，女娲用力的大小，还有泥巴的稀稠都有差异，甩制的泥人也各有特色。虽是传说，但我们每个人都是独一无二的个体，这一点毫无疑问。

发现自我，是我们一生的工作。

七、最初的乾坤

一无所知的孩子，在课堂上常常闹笑话。他会追着老师问很多在他日后看来忍不住发笑的问题。

但正是在这些问题里，他逐渐成长。他学会了如何思考，如何做事。更重要的，他学会了如何待人。从最早的一个只会面对家人的个体，成长为另一个可以从容面对他人的个体。这种变化令人惊喜。

学校，是第一个对孩子进行社会化的专门场所。你最初的理想最初的愿望，你最初的友谊和最初的失落，你最初的爱戴和最初的惆怅，可能都诞生在那里。那里有你童年的纪念碑，那里是你最初的乾坤。

八、说师

对于孩子，老师很神秘，老师知道学生所不知道的东西。老师很强大，他能够不着痕迹地鼓励或是打击一个孩子，在他生命的年轮中刻下痕迹。

有一位老师对我说有一个孩子很顽劣，几乎无可救药了。我说，我给你开个方子，请你连着表扬他五天。老师说，他基本上没什么优点。我说，我不相信世上会有没有优点的孩子。老师若有所思地走了，她在课堂上连着表扬了那个孩子五天，后来，那个孩子大变。

得到老师的关注是幸福的。优秀的教师，他不想去影响别人，却总能够影响人的一生。

九、修建你的灯塔

生命是什么？草履虫是生命吗？杨树叶是生命吗？如果这些都不是，那什么才是生命？

生命，并非简简单单的生理现象。它包含着善与恶，包含着思考，包含着自己，也包含着他人。

生命是美好而斑斓的。挫折是常有的，快乐也是常常有的。你不要听信那些把生命说得太美好的童话，相信人生有苦难的人才会更懂得幸福。

为你的生命确立一个意义，它是灯塔。我知道父母告知过你生命的意义，我也知道老师向你灌输过生命的意义。他们说得都没有错，但这一次，我请你忘记他们的话，自己为自己确立一个生命的意义。当然，那个最终的答案，也许和老师父母不谋而合，但这个灯塔是你自己修建起来的，你是自己的工程师。

以后的事，就是向着你的灯塔微笑，坚定不移地前进。

十、古老的道理

荷马和伊索，两位著名的古希腊作家。他们的作品，至今仍被视为经典。

只是荷马以长篇史诗《伊利亚特》和《奥德赛》而闻名。这两部作品均是万行长诗。而伊索则以短短的寓言而为世人所认识。长短悬殊的作品，都跨越时间的星空，至今仍在敲打我们的耳鼓。这是为何？

长存的原因在于其中古老的道理。比如珍惜自由，比如戒骄戒躁，比如谦虚谨慎，比如平等与爱……这种对精神闪光点的浓缩，是它们常读常新的原因。思考的人们，总能从寓言中找到适合自己的东西。

少年人，你读懂寓言的那一天，证明你已长大。

十一、一定得找人去把星星擦亮

我们的先民，在还没有文字的时代，过着艰苦而散淡的日子。他们的文字，就是石洞壁上一幅幅的岩画。岩画所代表的含义，构成了他们的语言。

先民们用岩画诠释世界，现代人用漫画诠释世界。或许在某种程度上，上帝在人们修建巴比伦塔时的担心，今天终于成了现实。漫画这种载体，让全世界人的语言达成了一致。

我喜欢"把星星擦亮"的奇思妙想。只是，找谁呢？就找我们自己吧。

十二、规则如铁如水

这是一些有关规则的小故事。

每个人都生活在社会中，都同身边的人们发生着种种互动。互动不是乱动，要有规则。规则是人制定的，但却不能由人轻易地打破。否则，就是"没有规矩，不成方圆"了。人们在受惠于规则的同时，也常常被它的刻板所桎梏。这也许就是规则的两重性吧。

还有一些规则，是心照不宣潜移默化的。比如，在饭桌上，如果有长者，无论你怎样饥肠辘辘，也要先给长辈盛饭……人们都很自然地遵守着它，规则已融入了我们的文化。

规则有的时候像铁一般坚硬，违背了它就是困境和死亡。规则有时候如同温泉一般暖和，因为它来自公平的泉眼。在受到规则的关怀时，你不必感谢任何人，你只需心安理得地接受规则。在受到规则的约束时，你不必怨恨任何人，你也只有义无反顾地服从规则。

十三、试卷上没有诗歌

每年的高考试卷上，作文一栏（不管是大作文还是小作文），都会写着"体裁不限，诗歌除外"的要求。写卷子的老师出于种种考虑，在卷面上剔除了诗歌，但我们在日常的学习和欣赏中，可千万不要怠慢了诗歌。

诗歌是最古老的艺术，我相信祖先们在完全不知道议论文是什么东西的时候，已在熟练地吟诗作赋了。诗歌是灵魂的伴侣，那些精美的词汇，那些神奇的想象，那些让我们心旌动荡的激情，那些清脆如玉石碰撞的音律……都在诗歌中蛰伏着，等待着你的唤醒。

即便考试的卷子上没有诗歌，也请你在春天的早晨，读一首好诗。我担保，那一天你会心旷神怡。

十四、心之四季

地球的产生，到今天大约已经有了五十亿年。这期间地球每围绕太阳公转一周，很多地方就会产生一次四季更替。春之风，夏之花，秋之月，冬之雪……在无法进行深入思考的动物那里，即使它因为秋高气爽而感到惬意，也不会对美景产生感动。在它眼中，秋天的全部意义就是果子熟了，要准备过冬了。当人意识到秋天不仅仅意味着粮食，那朦胧的一切，才进入审美的领域。

由于有了人心的思考，这种种景色才呈现出了如今的绚丽。

离开沉思的人心和敏锐的瞳孔，四季什么都不是。

十五、永恒伙伴共享地球

城市里已经很少看见动物了。即使能看到，也是诸如困在笼子里的鸟，不停地在转筒上奔跑的金丝熊，脖子上拴着厚重皮带的狗。说实话，它们还能算真正的动物吗？

记得一位哲人说过，看一个人怎样对待动物，我们就可以知晓他是一个怎样的人。动物有动物的世界，人有人的世界，当这两个世界交织在一起的时候，就有很多有趣的故事发生。人常常以为自己是地球的主人，其实，人是和动物还有植物还有山川河流共享一个地球，大家都是主人。只有在大自然的怀抱里，动物才能依照它们的天性奔跑跳跃玩耍捕猎……

人和动物的关系，是永恒的伙伴。如果动物全部消失了，人活着，还有什么乐趣！

十六、超越光速的跳跃

宇宙间最快的东西是什么？是光？每秒三十万公里。

不。不是光。宇宙间最快的东西是思维。只有思维才可以真正做到瞬息千里。意念一动，数千光年外的物体也会在我们想象中浮现，几千年前、几万年后的事情，也会在脑中翩翩起舞。这速度，远远超越了光速。

想象是思维的翅膀。人最宝贵的能力之一就是神奇的想象。古代人的想象成了神话，现代人的想象成了科幻。科学家的想象能上天入地，文学家的想象能缔造世界。当我们阅读充满了想象的文字的时候，会有鹰击长空鱼翔浅底的快意豪情。

最神奇的当属孩子们的想象，在那里，所有的一切都会发生，因为他的思维走在了光的前面。

十七、幸福如苹果

小时候，我们盼望快快长大。我们觉得，那就是幸福。

上学后，我们盼望考试都得一百分。我们觉得，那就是幸福。

大学毕业了，我们盼望有个好工作。我们觉得，那就是幸福。

工作了，我们忽然发现，生活并不幸福。

幸福，究竟是什么？

把人生凝固成一个苹果，用时间的锋刀将它切开。哦，终于发现，在苹果的最深处，藏着一个星星一般的核，这就是苹果的心脏，所有的果肉都围绕着这颗星星成长。幸福也有大抵如此的规律，当你围绕着一个目标凝聚而奋斗的时候，你才会感到幸福。

关于幸福，无数的人给出了无数答案。你可以全盘接受，也可以另辟蹊径。归根到底，幸福是一种真切的感觉。你幸不幸福，只有你自己知道。祝自己幸福，也祝别人幸福，这就是人生的大幸福，这就是终极的幸福。

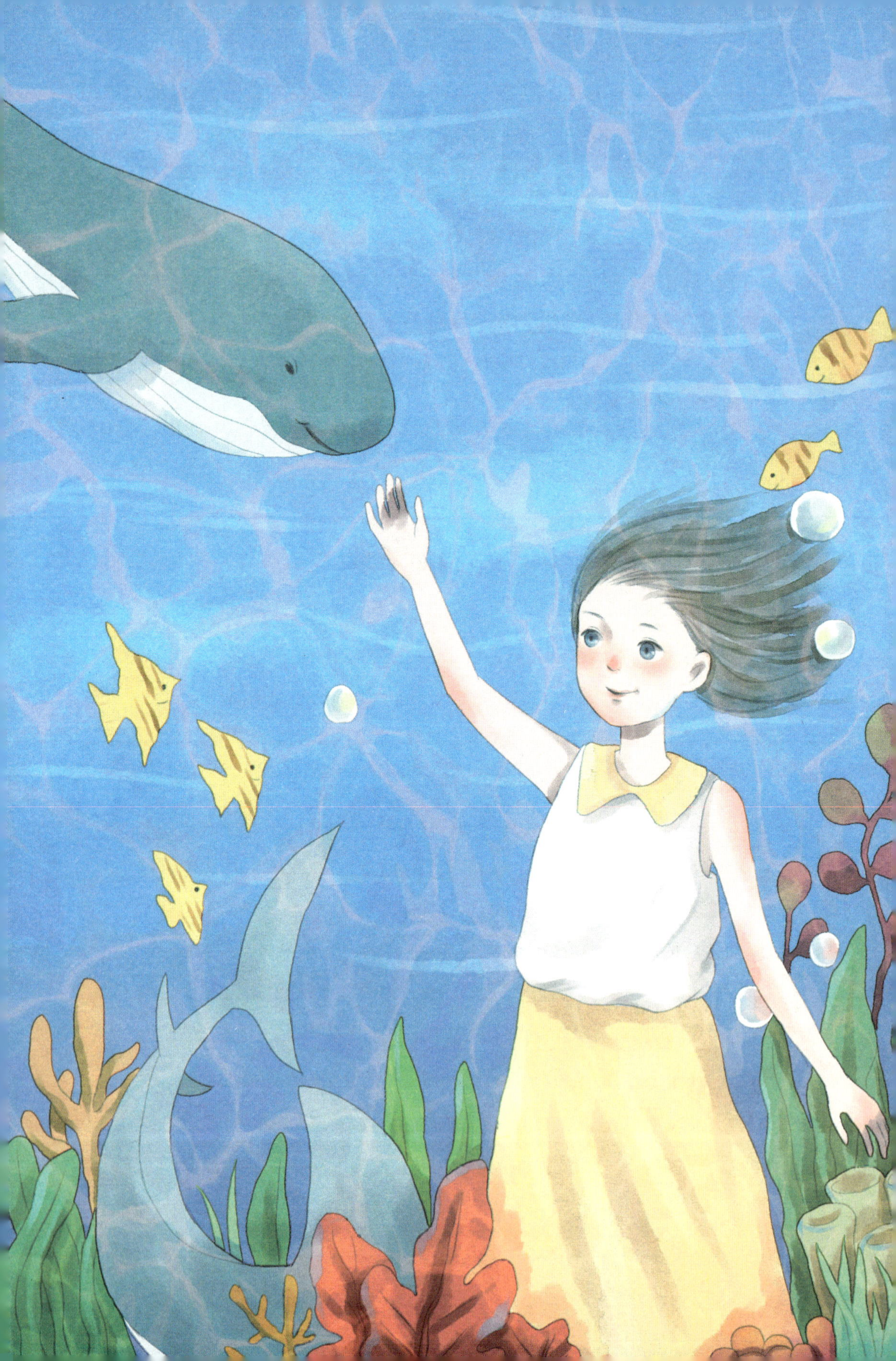

鱼在波涛下微笑

心在水中。水是什么呢？水就是关系。关系是什么呢？关系就是我们和万物之间密不可分的羁绊。它们如丝如缕百转千回，环绕着我们，滋润着我们，营养着我们，推动着我们；同时也制约着我们，捆绑着我们，束缚着我们，缠绕着我们。水太少了，心灵就会成为酷日下的撒哈拉。水太多了，堤坝溃塌，如同2005夏的新奥尔良，心也会淹得两眼翻白。

人生所有的问题，都是关系的问题。在所有的关系之中，你和你自己的关系最为重要。它是关系的总脐带。如果你处理不好和自我的关系，你的一生就不得安宁和幸福。你可以成功，但没有快乐。你可以有家庭，但缺乏温暖。你可以有孩子，但他难以交流。你可以姹紫嫣红宾朋满座，但却不曾有高山流水患难之交。

你会大声地埋怨这个世界，殊不知症结就在你自己身上。

你爱自己吗？如果你不爱自己，你怎么有能力去爱他人？爱自己是最简单也是最复杂的事情。它不需要任何成本，却需要一颗无畏的灵魂。我们每个人都是不完满的，爱一个不完满的自己是勇敢者的行为。

处理好了和自己的关系，你才有精力和智慧去研究你的人际关系，去

和大自然和谐相处。如果你被自己搞得焦头烂额,就像一个五内俱空的病人,哪里还有多余的热血去濡养他人!

在水中自由地遨游,闲暇的时候挣脱一切羁绊,到岸上享受晨风拂面,然后,一个华丽的俯冲,重新潜入关系之水,做一条鱼在波涛下微笑。

节令是一种命令

夏初,买菜。老人对我说,买我的吧。看他的菜摊,好似堆积着银粉色的乒乓球,西红柿摞成金字塔样。拿起一个,柿蒂部羽毛状的绿色,很翠硬地硌着我的手。我说,这么小啊,还青,远没有冬天时我吃的西红柿好呢。

老人明显地不悦了,说,冬天的西红柿算什么西红柿呢?吃它们哪里是吃菜?分明是吃药啊。我很惊奇,说怎么是药呢?它们又大又红,灯笼一般美丽啊。老人说,那是温室里煨出来的,先用炉火烤,再用药熏。让它们变得不合规矩地胖大,用保青剂或是保红剂,让它比画的还好看。人里面有汉奸,西红柿里头也有奸细呢。冬天的西红柿就是这种假货。

我惭愧了。多年以来,被蔬菜中的骗局所蒙蔽。那吃什么菜好呢?我虚心讨教。

老人的生意很清淡，乐得教诲我。口中吐钉一般说道——记着，永远吃正当节令的菜。萝卜下来就吃萝卜，白菜下来就吃白菜。节令节令，节气就是令啊！夏至那天，太阳一定最长。冬至那天，亮光一定最短。你能不信吗？不信不行。你是冬眠的狗熊，到了惊蛰，一定会醒来。你是一条长虫，冷了就得冻僵，会变得像拐棍一样打不了弯。人不能心贪，你用了种种的计策，在冬天里，抢先吃了只有夏天才长的菜，夏天到了，怎么办呢？再吃冬天的菜吗？颠了个儿，你费尽心机，不是整个瞎忙活吗？别心急，慢慢等着吧，一年四季的菜，你都能吃到。更不要说，只有野地里，叫风吹绿的菜叶，太阳晒红的果子，才是最有味道的。

我买了老人家的西红柿，慢慢地向家中走。他的西红柿虽是露地长的，质量还有推敲的必要。但他的话，浸着一种晚风的霜凉，久久伴着我。阳光斜照在网兜上，那略带柔软的银粉色，被勒割出精致的纹路，好像一幅生长的印谱。

人生也是有节气的啊！

春天就做春天的事情，去播种。秋天就做秋天的事情，去收获。夏天游水，冬天堆雪。快乐的时候笑，悲痛的时分洒泪。

少年需率真。过于老成，好比施用了植物催熟剂，早早定了型，抢先上市，或许能卖个好价钱，但植株不会高大，叶片不会密匝，从根本上说，该归入早夭的一列。老年太轻狂，好似理智的幼稚症，让人疑心大脑的某一部分让岁月的虫蛀了，连缀不起精彩的长卷，包裹不住漫长的人生。

时尚有句俗话——您看起来比实际的岁数年轻，听的人把它当作一句恭维或是赞美，说的人把它当作万灵的廉价礼物。我总猜测这话的背后，藏着上帝的一张笑脸。

比实际的年龄年轻，就分明是好的，美的，值得庆贺的吗？

小的人希冀长大，老的人祈望年轻。这种希望变更的子午线，究竟坐落在哪一扇生日的年轮？与其费尽心机地寻找秘诀，不如退而结网，锻造出心灵与年龄同步的舞蹈。

老是走向死亡的阶梯，但年轻也是临终一跃前长长的助跑。五十步笑百步，不必有过多的惆怅或是优越。年轻年老都是生命的流程，不必厚此薄彼，显出对某道工序的青睐或是鄙弃，那是对造物的大不敬，是一种浅薄而愚蠢的势利。人们可以濡养肌体的青春，但不要忘记心灵的疲倦。

死亡是生命最后的成长过程，有如银粉色的西红柿被摘下以后，在夕阳中渐渐地蔓延成浓烈的红色。此刻你只有相信，每一颗西红柿里都预设了一个机关，坚定不移地服从节气的指挥。

礼物会消失吗？

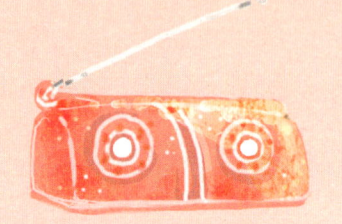

礼物的实质，我以为是心情和劳动。

广义的礼物，是一个几乎包含了世界上所有领域的词汇。地球是宇宙送给人类的礼物，生命是父母送给后代的礼物，力量是时间送给青春的礼物，成熟是岁月送给智慧的礼物。常常想，假如在天地中开一间大大的礼品商店，几乎可以包容世界上所有的精神与物质产品。礼物可以是贵重的，也可以是微薄的。大到一座江山，一片国土；小到一根鹅毛，一片落叶。它可以是自然界的日月星辰，伟大的哲人说过：明天我送你一轮崭新的太阳。它可以是人世间的金钱美女，这种交易，几乎每时每刻都在角落里发生。可以是一个眼神，携去绵绵不尽的情义。可以是一次握手，传递万千叮咛。可以是笑里藏刀的一个陷阱，片刻间置你于死地。可以是玉石俱焚同归于尽的计谋，双方在火焰中羽化飞升。

礼物礼物，顾名思义，是先要有"礼"，而后才有"物"。它们是一对精神和物质的伴侣，无形和有形的二重奏。

"礼"的本意是敬神，引申为尊敬的礼貌与敬意。专门负载表达这种特定心境的物质，就是礼物了，可惜无情的岁月漂白了广义礼物的含义，狭义的礼物便流通了，它仅仅局限在"物质"的范畴。

古话说，礼轻情义重。现代人把这话反了过来，物重情义轻。世上流布着多少无法兑现的承诺，辗转着多少有物无心的礼物啊！

送给孩子的礼物，本应蕴涵希望，但有时仅仅是赠予他超前的享受。

送给母亲的礼物，本应满怀关切，但有时仅仅是为了良心的安宁和平息周围的议论。

送给朋友的礼物，本应情同手足地表达温暖的善意，但经常只是为了处理自家多余的物资。

送给师长的礼物，本应是纯净而清洁的束脩，但内里常常夹带着闪烁的企图和心机。

古人曾千里送一朵如雪的鹅毛，今人是送你一个沉甸甸的鹅蛋，打开来一看，却是化学物质合成的赝品，色素严重超标。

丧失情谊的礼物，是一枝裹了面粉油炸过的鲜花，所有的花瓣都在，颜色和香气已飘然远去。

礼和物是跷跷板两旁坐着的孩子，多少物也抵不过一个礼的重量。物轻礼在，一个真诚的"礼"，可以压倒无数豪华的"物"。若是单有沉重的"物"，愚蠢地匍匐在地，跷跷板的另一端飞上了天，"礼"就消失在空气中了。

更不消说世上还有无情无义的礼物，请君入瓮的礼物，落井下石的礼物，为虎作伥的礼物……几乎每一起腐败事件都同礼物有关，每一桩罪恶里都有礼物的蛛丝马迹。礼物脏了，被世俗污染成一种工具，一块带着血迹的敲门砖，一条放长线钓大鱼的绞索。

还礼物以清白。

救救礼物！

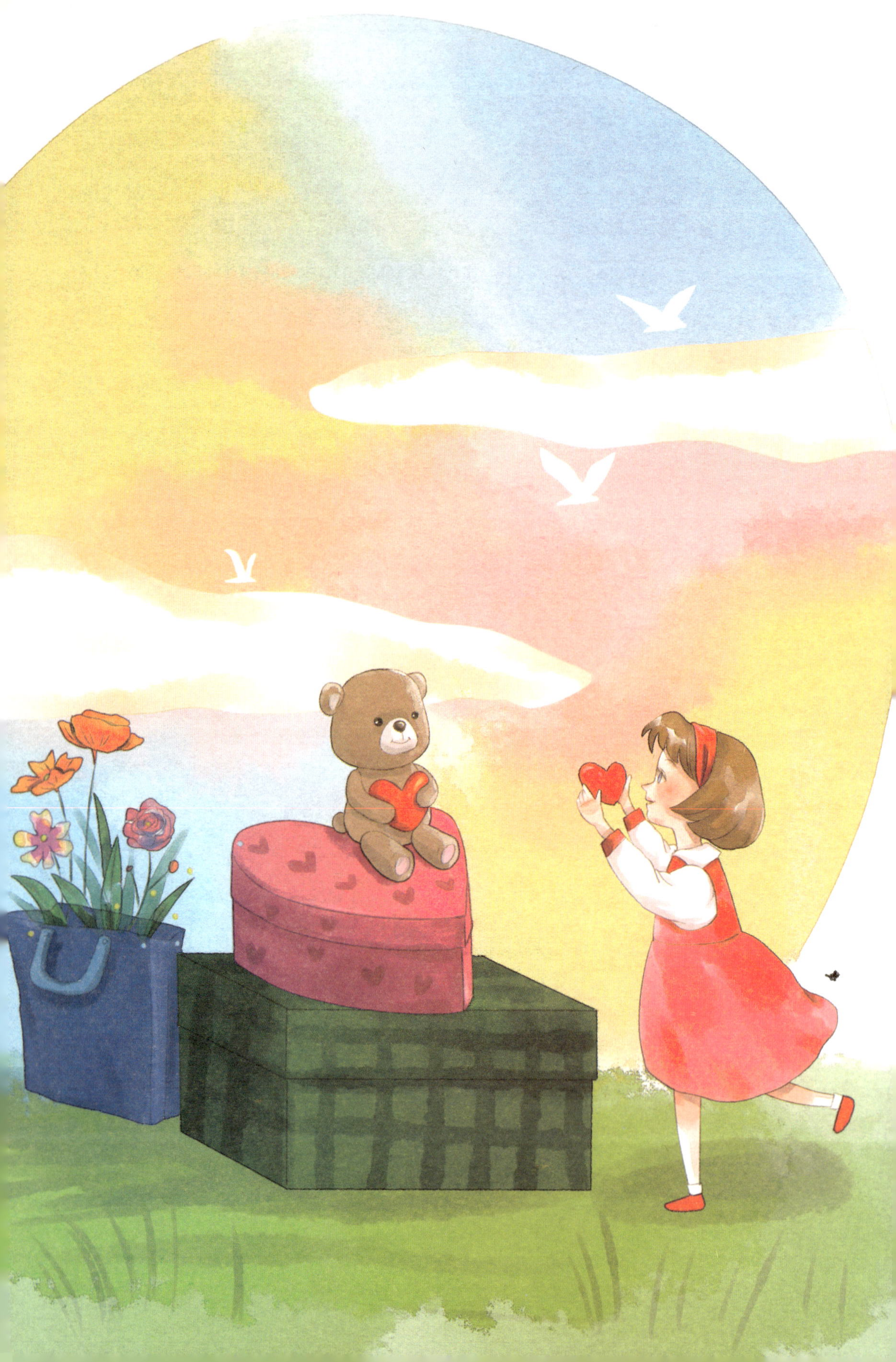

真正的礼物，必应是送礼者心底流淌的愿望上的小舟。我送你礼物，伴去的是我的心境，我的感谢，我的问候，我的关切，我的忧虑，我的期望，我的祝福……我希望在你的身边，长久地留有我的痕迹。我希望带着我的信息的物体，能够与你同在。我希望你在使用这物件的时候，能够从中感到我选择它时设身处地的一番苦心。我希望你在凝视它的时候，能够记起我遥远的惦念……纵是你将我忘记，我希望我送你的礼物，还在默默地为你遮挡着风雨，装饰着美丽……你可以不再珍惜我，但我希望你珍惜礼物。因为那是珍惜过去的时光，珍惜曾经凝固的历史，珍惜一种共同的真诚。礼物一旦送人，就有了它独立的命运。即使友谊随日月淡去，我希望友谊的礼物，依旧尊严而完整。

世上的人，可以分为两类。一种是送礼的次数多，一种是收礼的次数多。

几乎没有人，在这世上从未收过礼，也从未送过礼吧？沿街乞讨的丐儿，把每一个铜板都视为命运的礼物，在艰难中生活下去。风烛残年的老人，会收养一只残疾的小狗，相濡以沫，这就是他们留给后来者的礼物了。

收到的礼物多，并不一定是朋友多，也许只是证明了权柄在握。送出的礼物少，并非注定寡情，也许只是羞于表达。富人什么都富裕，但在礼物这方面，不一定能画等号。很可能物多礼薄，人们尊敬的只是他的金钱。穷人什么都缺乏，但并不一定礼物稀少，一束柴一瓢米，都会重如泰山。

礼物是有善和恶之分的。恶礼是诱人崩溃的毒苹果，是导入深渊的蹇驴瞎马。对于礼物，要用鼻子闻一闻它潜伏的气味，裹挟不良气息的夜枭，就要挥之远去。

礼物既是物，就有价值。所有的价值都是由劳动创造的，只有那些由送礼者自我劳动换来的物品，才是真正的礼物。用公众的钱财送礼，达到个人或升官或发财的私利,它的实质就是掠夺。用他人的钱财送礼,以满足利己的动机,就是赤裸裸的剥削。老百姓省吃俭用,为了生存的需要,用从牙缝里抠出的钱,为掌握自己命运的人送礼。心中忐忑,却怯于权势,不得不送的礼物,糖是苦的,酒是冷的,浸透了小人物的无奈和辛酸。物品中凝聚的冤气,会在豪宅的暗夜中,发出磷火一般的光,愤怒地游走。

礼物不可太重,太重了,普通人会承受不起。礼物不可太轻,太轻了,陌生人会以为看他不起。只要呈上的是心意,提供的是帮助,来源是自己手上的汗滴,表达的是人间暖意,送礼的时候,我们就堂堂正正,欢欢喜喜,磊落光明。

世上礼物万万千,世人送礼千百年。有时突然想,假如物质极大地丰富,假如精神高度快乐,假如通讯无比发达,假如世间开满鲜花,人们还会需要礼物吗?

礼物会永远存在吗?

我想,会。

礼物就像微笑,真情洋溢的时候,它就飘然而至,如同光明纯洁坦荡亲切的使者,传达心与心的絮语。

呵护心灵

那一年我 17 岁,在西藏雪域的高原部队当卫生兵,具体工作是做化验员。

雪山上的条件很差,没有电,许多医学仪器都不能用。化验血的时候,只有凭着眼睛和手做试验,既辛苦,也不易准确。

一天,一个小战士拿了一张化验单找我,要求做一项很特别的检查。医生怀疑他得了一种很古怪的病,这个试验可以最后确诊。

试验的做法是:先把病人的血抽出来,快速分离出血清。然后在 56 摄氏度的情形下,加温 30 分钟。再用这种血清做试验,就可以得出结果来了。

我去找开化验单的医生,说,这个试验我做不了。

医生问,为什么?

我说,你想啊,整整半个小时,要求 56 摄氏度分毫不差。要是有电暖箱,当然简单了。机器的指针旋钮一应俱全,把温度和时间定死,一按电钮,就开始加温。时间到,红色指示灯就亮了,大功告成。但是没有电,你就抓瞎没办法。我又不能像个老母鸡似的把血清标本揣在身上加温。就算我乐意干,人的体温也不到 56 摄氏度啊。

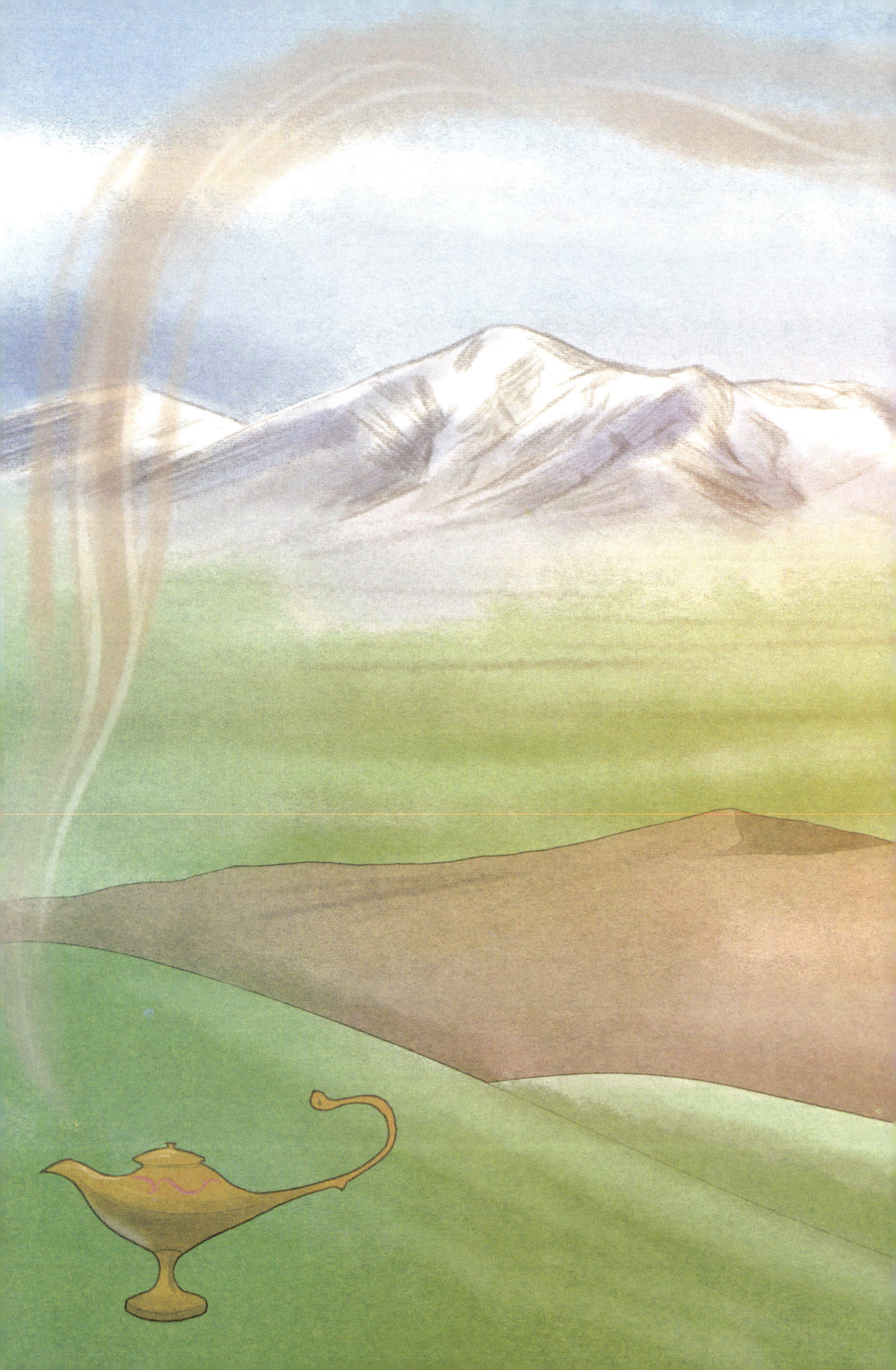

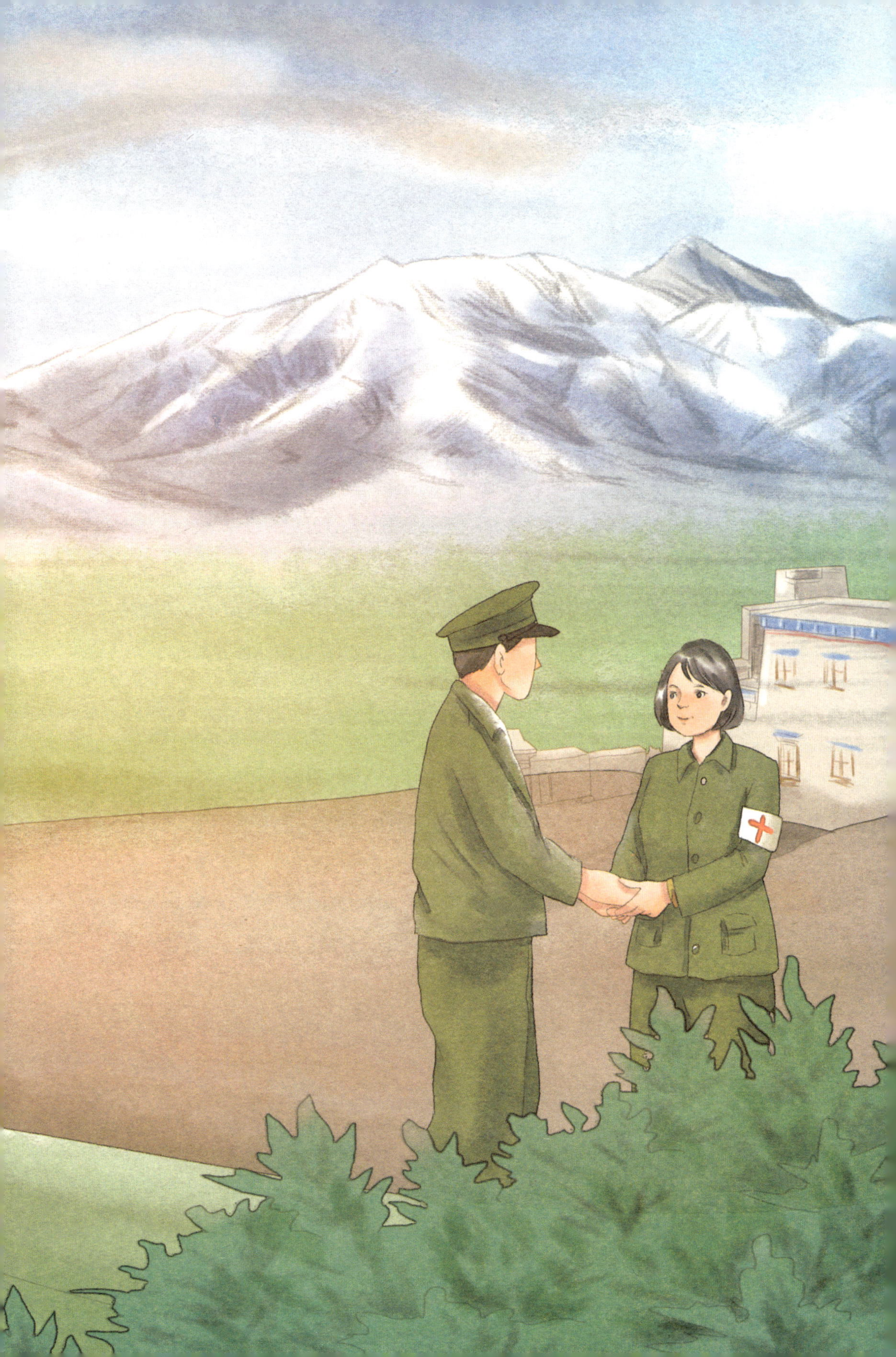

医生说,化验员,想想办法吧。要是没有这个化验的结果,一切治疗都是盲人摸象。

我是一个好心加耳朵软的女孩。听了医生的话,本着对病人负责的精神,仔细琢磨了半天,想出一个笨法子,就答应了医生的请求。

那个战士的胳膊比红蓝铅笔粗不了多少,抽血的时候面色惨白,好像是把他的骨髓吸出来了。

前面的步骤都很顺利,我开始对血清加热。

我点燃一盏古老的印度油灯,青烟缭绕如丝,好像有童话从雪亮的玻璃罩子里飘出。柔和的茄蓝色火焰吐出稀薄的热度,将高原严寒的空气炙出些微的温暖。我特意做了一个铁架子,支在油灯的上方。架子上安放一只盛水的烧杯,杯里斜插一根水温计,红色的汞柱好像一条冬眠的小蛇,随着水温的渐渐升高而舒展身躯。

当烧杯水温到达56摄氏度的时候,我手疾眼快地把盛着血清的试管放入水中,然后双眼一眨不眨地盯着温度计。当温度升高的时候,就把油灯向铁架子的边缘移动。当水温略有下降的趋势,就把火焰向烧杯的中心移去,像一个烘烤面包的大师傅,精心保持着血清温度的恒定……

说实话,这个活儿真是乏味透顶。凝然不动的玻璃器皿,枯燥单调地搬移油灯,好像和一个3岁小孩下棋,你既不能赢又不能输,只能像木偶一样机械动作……

时间艰难地在油灯的移动中前进,大约到了第28分钟的时间,一个好朋友推门进了化验室。她看我目光炯炯的样子,大叫了一声说:你不是在闹鬼吧,大白天点了一盏油灯!

我瞪了她一眼说,我是在全心全意地为病人服务,正像孵小鸡一样地给血清加温呢！

她说，什么血清？血清在哪里？

我说，血清就在烧杯里啊。

我用目光引导着她去看我的发明创造。当我注视到水银计的时候，看到红线已经膨胀到 70 摄氏度的范畴，劈手捞出血清试管。就在我说这一句话的工夫，原本像澄清茶水一般流动的血清，已经在热力的作用下，凝固得像一块古旧的琥珀。

完了！血清已像鸡蛋一样被我煮熟，标本作废，再也无法完成试验。

我恨不得将油灯打得粉碎。但是油灯粉身碎骨也于事无补，我不该在关键的时刻信马由缰。现在面临的问题是我该怎么办？空白化验单像一张问询的苦脸，我不知填上怎样的答案。

最好的办法是找病人再抽上一管鲜血，一切让我们重新开始。但是病人惜血如命，我如何向他解释理由？就说我的工作失误了吗？那是多么没有面子的事情！人人都知道我是一个尽职尽责的好化验员，这不是给自己抹黑吗？

想啊想，我终于设计出了如何对病人说。

我把那个小个子兵叫来，由于对疾病的恐惧，他如惊弓之鸟战战兢兢。

我不看他的脸，压抑着自己的心跳，用一个 17 岁女孩可以装出的最大严肃对他说：我已经检查了你的血，可能……

他的脸刷地变成霜地，颤抖着嗓音问，我的血是不是有问题？我是不是得了重病？

等待检查结果的病人都如履薄冰。我虽然年轻，也很懂得利用这种心理。

这个……你知道像这样的检查，应该是很慎重的，单凭一次结果很难下最后的结论……

说完这句话，我故意长时间地沉吟着，一副模棱两可的样子，让他在恐惧的炭火中慢慢煎熬，直到相信自己已罹患重疾。

他瘦弱的头颅点得像啄木鸟，说，我给您添了麻烦，可是得了这样的病，没办法……

我说，我不怕麻烦，只是本着对你负责，对你的病负责，还要为你复查一遍，结果才更可靠。

他苍白的脸立刻充满血液，眼里闪出星星点点的水斑。他说，化验员，真是太谢谢啦，想不到你这样年轻，心地这样好，想得这么周到。

小个子兵说着，几乎是迫不及待地撸起袖子，露出细细的臂膀，让我再次抽他的血。

我心里窃笑着，脸上还作出不情愿的样子，很矜持地用针头扎进他的血管。这一回，为了保险，我特意抽了满满的两大管鲜血，以防万一。

古老的油灯又一次青烟缭绕，我自始至终都不敢大意，终于取得了结果。

他的血清呈阴性反应。也就是说——他没有病。

再次见到小个子兵的时候，他对我千恩万谢。他说，化验员啊，你可真是认真啊。那一次通知我复查，我想一定是我有病，吓死我了。这几天，我思前想后，把一辈子的事想过了一遍。幸亏又查了两次，证明我没病。你为病人真是不怕辛苦啊！

我抿着嘴不吭声。

后来领导和同志们知道了这件事，都夸我工作认真并谦虚谨慎。

在以后很长的时间里，我都为自己当时的灵动机智而得意。

我的年纪渐长，青春离我远去。机体像奔跑过久的拖拉机，开始穿越病魔布下的沼泽。有一天，当我也面临重病的笼罩，我对最后的化验结果望穿秋水的时候，我才懂得了自己当年的残忍。我对医生的一颦一笑察言观色，我千百次地咀嚼护士无意的话语。我明白了当人们忐忑在生死的边缘时，心灵是多么的脆弱。

为了掩盖自己一个小小的过失，不惜粗暴地弹拨病人弓弦般紧张的神经，我感到深深的懊悔。

假如今天我出了这样的疏忽，我会充满歉意地对小个子兵说，对不起，因为我的粗心，那个试验做坏了。现在我来重新做。

我想他也许会发脾气的，斥责我的不负责任。按照四川人的火爆脾气，大骂几句也有可能。我会安静地倾听他的愤怒，直到他心平气和的那一瞬。我相信他还会撸起袖子，让我从他比红蓝铅笔粗不了多少的胳膊上抽血……也许他会对别人说我是一个蹩脚的化验员，我会微笑着不做任何解释。

我们可以吓唬别人，但不可吓唬病人。当我们患病的时候，精神是一片深秋的旷野。无论多么轻微的寒风，都会引起萧萧黄叶的凋零。

让我们像呵护水晶一样呵护病人的心灵。

我的五样

老师出了题目——写下"你生命中最宝贵的五样东西",我拿着笔,面对一张白纸,周围一下静寂无声。万物好似压缩成超市货架上的物品,平铺直叙摆在那里,等待你的手挑选。货筐是那样小而致密,世上的林林总总,只有五样可以塞入。

也许是当过医生的缘故,在片刻的斟酌之后,我本能地挥笔写下:空气、水、太阳……

这当然是不错的。你不可能设想在一个没有空气和水的星球上,滋长出如此斑斓多彩的生命。但我很快发现自己陷入了困境——如果继续按照医学的逻辑推下去,马上就该写下心脏和气管,它们对于生命之泵也是绝不可缺的零件。结果呢,我的小筐子立马就装满了,五项指标支出一净。想想那答案的雏形将是:我生命中最宝贵的东西——空气、水、阳光、气管、心脏……哈!充满了严谨的科学意味,飘着药品的味道。

可这样写下去,毛病大啦。测验的功能,是辅导我们分辨出什么是自己生命中最重要的因子,以至于当我们面临人生的选择和丧失时,会比较地镇定从容,妥帖地排出轻重缓急。而我的答案,抽象粗放大而化之,缺

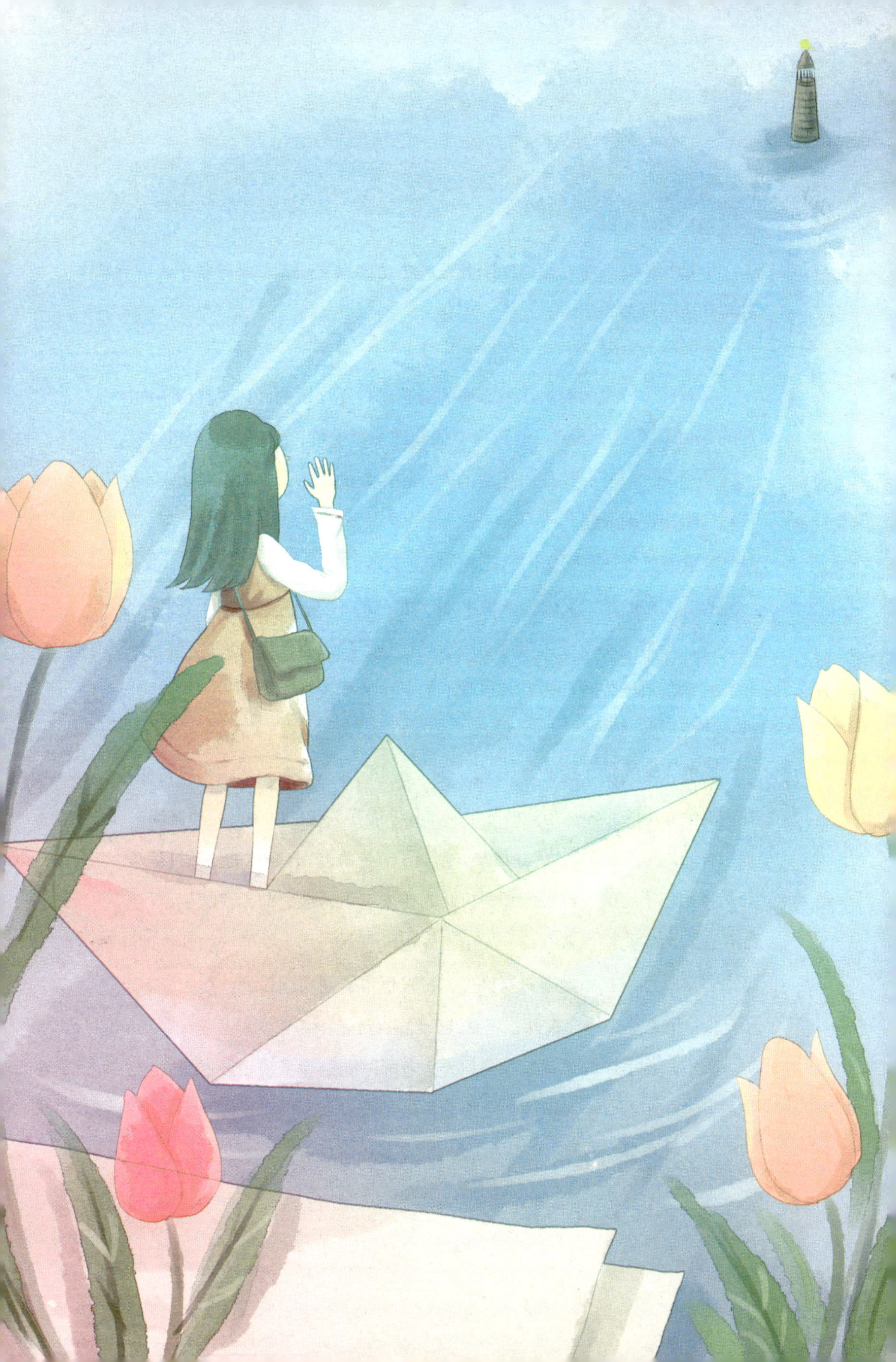

乏甄别和实用性。

　　于是我决定在水、空气、阳光三种生命要素之后，写下对我个人更为独特和生死攸关的症结。

　　第四样，我写下了——鲜花。

　　真有些不好意思啊。挂着露滴的鲜花，是那样娇弱纤巧，我似乎和庄严的题目开了一个玩笑。但我真实如此地挚爱它们，觉得它们不可或缺。绚烂的有刺的鲜花，象征着生活的美好和短暂的艰难，我愿有一束美丽的玫瑰，陪伴我到天涯。

　　我偷着觑了一眼同学们的答案，不禁有些惘然。

　　有的人写的是"父母"。我顿时感到自己的不孝，是啊，对于我的生命来说，父母难道不是极为宝贵的因素吗？且不说没有他们哪来的我，就是一想到他们可能先我而去，等待我们的是生离死别，永无相见，心就极快地冰冷成坨。

　　有的人写的是"孩子"。一看之下，我忐忑不安，甚至觉得自己负罪在身。那个幼小的生命，与我血脉相承，我怎能在关键的时刻，将他遗漏？

　　有的人写的是"爱人"。我便更惭愧了。说真的，在刚才的抉择过程中，几乎将他忘了。或许在潜意识里，认为在未曾识得他之前，我的生命就已经存在许久。我们也曾有约，无论谁先走，剩下的那人都要一如既往地好好活着。既然当初不是同月同日生，将来也难得同月同日死，彼此已商定不是生命的必需，排名在外，也有几分理由吧？

　　正不知将手中的孤球，抛向何处，老师一句话救了我。她说，这生命中最宝贵的东西，不必从逻辑上思索推敲是否成立，只要是你赞成的事物即可。于是我想到电脑。电脑在此处，并不只是单纯的工具，当是一种象征，代表我挚爱的劳动和神圣的职责。很快联想到电脑所受制约较多,比如停电或是病毒入侵,都会让我无所依傍。唯有朴素的笔,虽原始简陋,却可朝夕相伴风雨兼程。

于是在洁白的纸上,留下了我生命中最宝贵的五样东西——水、阳光、空气、鲜花和笔(未按笔画为序,排名不分先后。)

同学们嘻嘻笑着,彼此交换答案。一看之后,却都不做声了。我吃惊地发现,每个人留在纸上的物件,万千气象,决不雷同,有的简直让人瞠目结舌。比如某男士的"足球",某女士的"巧克力",在我就大不以为然。但老师再三提示,不要以自己的观点去衡量他人,于是不露声色。

接下来,老师说,好吧,每个人在你写下的五样当中,划去相对不那么重要的一样,只剩下四样。

权衡之后,我在五样中的"鲜花"一栏旁边,打了个小小的"×"字,表示在无奈的选择当中,将最先放弃清丽绝伦的花朵。

老师走过来看到了,说,不能只是在一旁做个小记号,放弃就意味着彻底的割舍。你必得要用笔把它全部删除。

依法办了,将笔尖重重刺下。当鲜花被墨笔腰斩的那一刻,顿觉四周惨失颜色,犹如本世纪初叶的黑白默片。我拢拢头发咬咬牙,对自己说,与剩下的四样相比,带有奢侈和浪漫情调的鲜花,在重要性上毕竟逊了一筹,舍就舍了吧。虽然花香不再,所幸生命大致完整。

请将剩下的四样当中，再划去一样，仅剩三样。老师的声音很平和，却带有一种不容商榷的断然压力。

我面对自己的纸，犯了难。阳光、水、空气和笔……删掉哪一样是好？思忖片刻，我提笔把"水"划去了。从医学知识上讲，没有了空气，人只能苟延残喘几分钟，没有了水，在若干小时尚可坚持。两害相权取其轻吧。

也许女人真是水做的骨肉，"水"一被勾销，立觉喉咙苦涩，舌头肿痛，心也随之焦枯成灰，人好似成了金字塔里风干的长老。

我已经约略猜到了老师的程序，便有隐隐的痛楚弥漫开来。不断丧失的恐惧，化做乌云大兵压境。痛苦的抉择似一条苦难巷道，弯弯曲曲伸向远方。

果然，老师说，继续划去一项，只剩两样。这时教室内变得很寂静，好似荒凉的墓冢。每个人都在冥思苦想举棋不定。我已顾不得探察别人的答案，面对着自己人生的白纸，愁肠百结。

笔、阳光、空气……何去何从？

闭起眼睛一跺脚，我把"空气"划去了。

刹那间好像有一双阴冷的鹰爪，丝丝入扣地扼住我的咽喉，顿觉手指发麻眼冒金星，心擂如鼓气息摒窒……

我曾在海拔五千多米的冰山上攀援绝壁，被缺氧的滋味吓破了胆。隔绝了空气，生命便飘然而逝，成为一种哲学意义上的讨论。

好了，现在再划去一样，只剩下最后一样。老师的音调很温和，但执着坚定充满决绝。对已是万般无奈之中的我们，此语不啻惊雷。

教室内已经有轻轻的哭泣声。人啊，面临丧失，多么软弱苦楚。即使只是一种模拟，已使人肝肠寸断。

笔和阳光。它们在纸上势不两立地注视着我，陷我于深深的两难。

留下阳光吧——心灵深处在反复呼唤。妩媚温暖明亮洁净，天地一片光明。玫瑰花会重新开放，空气和水将濡养而出，百禽鸣唱，欢歌笑语。曾经失去的一切，都会在不知不觉中悄然归来。纵使除了阳光什么也没有，也可以在沙滩上直直地晒太阳哇。

想到这里，心的每一个犄角，都金光灿烂起来。

只是，我在哪里？在干什么？我扬起头来问天。

我看到自己孤独的身影，在海边寂寞地拉长缩短，百无聊赖，看日出日落，听潮涨潮消。

那生命的存在，于我还有怎样的意义？

自问至此，水落石出。我慢而稳定地拿起笔，将纸上的"太阳"划掉了。

偌大一张纸，在反复勾勒的斑驳墨迹中，只残存下来一个字——"笔"。

这种充满痛苦和抉择的测验，像一个逐渐缩窄的闸孔，将激越的水流凝聚成最后的能量，冲刷着我们的纷繁的取向。当那通道变得一夫当关，万夫莫开之时，生命的重中之重，就简洁而挺拔地凸现了。

感谢这一过程，让我清晰地得知什么是我生命中的真爱——就是我手中的这支笔啊。它噗噗跳动着，击打着我的掌心，犹如我的另一颗心脏，推动我的四肢百骸。

我安静下来，突然发现周围此时也很安静。人们在清醒地选择之后，明白了自己意志的支点，便像婴儿一般，单纯而明朗了。

我细心收起自己的那张白纸，一如收起一张既定的船票。知道了航向和终点，剩下的就是帆起桨落战胜风暴的努力了。

造心

蜜蜂会造蜂巢。蚂蚁会造蚁穴。人会造房屋,机器,造美丽的艺术品和动听的歌。但是,对于我们最重要最宝贵的东西——自己的心,谁是它的建造者?

孔雀绚丽的羽毛,是大自然物竞天择造出。白杨笔直刺向碧宇,是密集的群体和高远的阳光造出。清香的花草和缤纷的落英,是植物吸引异性繁衍后代的本能造出。卓尔不群坚韧顽强的性格,是秉赋的优异和生活的历练造出。

我们的心,是长久地不知不觉地以自己的双手,塑造而成。

造心先得有材料。有的心是用钢铁造的,沉黑无比。有的心是用冰雪造的,高洁酷寒。有的心是用丝绸造的,柔滑飘逸。有的心是用玻璃造的,晶莹脆薄。有的心是用竹子造的,锋利多刺。有的心是用木头造的,安稳麻木。有的心是用红土造的,粗糙朴素。有的心是用黄连造的,苦楚不堪。有的心是用垃圾造的,面目可憎。有的心是用谎言造的,百孔千疮。有的心是用尸骸造的,腐恶熏天。有的心是用眼镜蛇唾液造的,剧毒凶残。

造心要有手艺。一只灵巧的心,缝制得如同金丝荷包。一罐古朴的心,淳厚得好似百年老酒。一枚机敏的心,感应快捷电光石火。一颗潦草的心,门可罗雀疏可走马。一滩胡乱堆就的心,乏善可陈杂乱无章。一片编织荆棘的心,暗设机关处处陷阱。一道半是细腻半是马虎的心,好似白蚁蛀咬的断堤。一朵绣花枕头内里虚空的心,是假冒伪劣心界的水货。

造心需要时间。少则一分一秒,多则一世一生。片刻而成的大智大勇之心,未必就不玲珑。久拖不决的谨小慎微之心,未必就很精致。有的人,小小年纪,就竣工一颗完整坚实之心。有的人,须发皆白,还在心的地基挖土打桩。有的人,半途而废不了了之,把半成品的心扔在荒野。有的人,成百里半九十,丢下不曾结尾的工程。有的人,精雕细刻一辈子,临终还在打磨心的剔透。有的人,粗制滥造一辈子,人未远行,心已灶冷坑灰。

心的边疆,可以造得很大很大。像延展性最好的金箔,铺设整个宇宙,把日月包含。没有一片乌云,可以覆盖心灵辽阔的疆域。没有哪次地震火山,可以彻底颠覆心灵的宏伟建筑。没有任何风暴,可以冻结心灵深处喷涌的温泉。没有某种天灾人祸,可以在秋天,让心的田野颗粒无收。

心的规模,也可能缩得很小很小,只能容纳一个家,一个人,一粒芝麻,一滴病毒。一丝雨,就把它淹没了。一缕风,就把它粉碎了。一句流言,就让它痛不欲生。一个阴谋,就置它万劫不复。

心可以很硬,超过人世间已知的任何一款金属。心可以很软,如泣如诉如绢如帛。心可以很韧,千百次的折损委屈,依旧平整如初。心可以很脆,一个不小心,顿时香消玉碎。

造心的时候,可以有很多讲究和设计。

比如预埋下一处心灵的生长点,像一株植物,具有自动修复,自我养护的神奇功能。心受了创伤,它会挺身而出,引导心的休养生息,在最短的时间内，使心整旧如新。

比如高高竖起心灵的避雷针，以便在危急时刻，将毁灭性的灾难导入地下，耐心等待雨过天晴。

比如添加防震防爆的性能，在心灵遭受短时间高强度的残酷打击下，举重若轻，镇定地维持蓬勃稳定。

比如……

优等的心，不必华丽，但必须坚固。因为人生有太多的压榨和当头一击，会与独行的心灵，在暗夜狭路相逢。如果没有精心的特别设计，简陋的心，很易横遭伤害一蹶不振，也许从此破罐破摔，再无生机。没有自我康复本领的心灵，是不设防的大门。一汪小伤，便漏尽全身膏血。一星火药，烧毁绵延的城堡。

心为血之海，那里汇聚着每个人的品格智慧精力情操，心的质量就是人的质量。有一颗仁慈之心，会爱世界爱人爱生活，爱自身也爱大家。有一颗自强之心，会勤学苦练百折不挠，宠辱不惊大智若愚。有一颗尊严之心，会珍惜自然善待万物。有一颗流量充沛羽翼丰满的心，会乘上幻想的航天飞机，抚摸月亮的肩膀。

造心是一项艰难漫长的工程，工期也许耗时一生。通常是母亲的手，在最初心灵的模型上，留下永不消退的指纹。所以普天下为人父母者，要珍视这一份特别庄重的义务与责任。

当以我手塑我心的时候，一定要找好样板，郑重设计，万不可草率行事。造心当然免不了失败，也很可能会推倒重来。不必气馁，但也不可过于大意。因为心灵的本质，是一种缓慢而精细的物体，太多的揉搓，会破坏它的灵性与感动。

造好的心，如同造好的船。当它下水远航时，蓝天在头上飘荡，海鸥在前面飞翔，那是一个神圣的时刻。会有台风，会有巨涛。但一颗美好的心，即使巨轮沉没，它的颗粒也会在海浪中，无畏而快乐地燃烧。

第二辑 比树更长久的精神之光

一个人是活不过一棵树的,然而再古老的树也有尽头。在所有的树的上面,飞翔着我们不灭的精神,而文学是精神之林的一片红叶。

苦难之后

谈谈关于苦难的问题,你们可有兴趣?有人一定会捂着耳朵说,不听不听……说句心里话,我也怕谈这个难题。对我这也是一个大考验。咱们好像共同面对着一碗苦苦的药汤,要一口口慢慢地喝下去,有时还得咂着嘴回味一番,更是苦上加苦。可是中国有句古话,叫作"良药苦口利于病",对于某些重要的命题,回避不是一个好法子。所以,咱们就一块皱着眉咬

着牙，坚持讨论下去吧。

我之所以不称你们为"老朋友"，不是因为咱们相识的时间还短，是因为你们的年龄比较小。我原来总以为研究"苦难"这个大题目，要放在人比较成熟的时候——起码要到男孩下巴上长出软软胡须，女孩身姿婀娜之后。可是，生活根本就不理会我们的安排，它我行我素，肆无忌惮。可以顷刻之间，就把严酷的灾难，比如山崩地裂，比如天灾人祸，比如父母离异，比如病魔降身……莅临到无数人头上，毫不对儿童和少年稍存体恤之情。

这就证明了一个铁一般冷酷的事实——苦难的降临是不以人的善良意志为转移的。它就像空气一样，围绕着成人，也围绕着未成年人。对于注定要发生的风浪，单纯地依靠一厢情愿的堤坝，是无法躲避灾难的。更重要更有效的策略，是我们具备直面它的勇气，然后从容冷静坚定顽强地走过苦难，重建生活。

有一句说得很滥的话——"不要总是生活在童话中"。这话是什么意思呢？大概是说——童话虽然很美好，但现实生活中远不是那个样子。面对真实的生活的时候，我们要忘掉童话的气氛。

我不同意这种说法。其实在那些最优秀的童话里，是充满了苦难和对于苦难的抗争的。比如说"灰姑娘"吧。她小小的年纪，就失去了母亲，父亲也并不关爱她（在那个经典的故事中，没有对灰姑娘爸爸的具体描写，我估计不是作者的疏忽，而是灰姑娘的老爸乏善可陈。从他找的第二任夫人的品行可看出，这老先生对人的洞察能力不佳。）在继母的冷漠和姐姐们的白眼下生活，没法读书，做着力所不及的杂役……嗨！简直就是未成年人被家庭虐待的典型。

比如"卖火柴的小女孩"，更是悲惨已极。没有吃的，没有喝的，在节日的夜晚，还要光着脚在风雪中售卖火柴，以至于饥寒交迫冻饿而死……真是惨绝人寰的景象。依我在西藏雪域生活多年的经验，作家笔下所描绘的小女孩临死前所看到的温暖光明的家庭图画，其实很有科学根据。濒临冻僵的人，神经麻痹之后会出现神秘的幻觉——平日的理想都虚无缥缈地浮现出来了。包括小女孩脸上的笑容，也有医学基础。严寒会使人的肌肉强烈痉挛，我当过多年的医生，所见过的被冻死的人，表情都好似在微笑……

再说白雪公主。亲妈早早仙逝，后母不容，因为嫉妒她的美丽，竟然雇了杀手要取她首级。好不容易死里逃生，被好心小矮人收留。为了报答恩人，她从高贵的公主摇身一变，成了打扫家务烹炸菜肴的小时工，这个落差不可谓不大。就这样，她的厄运还远未终结，后母死死追杀，最后被毒苹果险些夺去红颜……

怎么样？以上所谈童话中的阴谋与死亡、贫困与灾难……其力度和惨烈，就是今人，也要为之垂泪吧？

我还可以举出许多。比如小人鱼变鳍为脚的痛楚，小红帽面对狼外婆的恐惧，孙悟空戴上紧箍咒的折磨和唐僧九九八十一难的艰辛……怎么样，我说得不错吧？童话并不遮盖苦难，它们比今天那些搞笑的故事，更多悲凉和灾难的警策。

也许是因为童话多半有一个光明的结尾，好人得到神灵相助，就使人们忽略了那些惨淡的忧郁，以为童话总是祥云笼罩，这实在是一个大误会。

小朋友和中朋友们，说句真心话，依我这些年跋山涉水走南闯北的经验，苦难就像感冒，几乎是不可避免的。如果谁告诉你们世界永远是阳光灿烂，请记住——他是一个骗子。

灾难埋伏在我们前进的拐弯处，不知何时会突袭我们。怕，是没什么用的。我们不能取消灾难，各位能够做到的就是面对灾难不屈服。

灾难会带给我们巨大的痛苦。亲人丧失、房屋倒塌、财产毁坏、学业中断、断臂失明、瘫痪失语、孤苦无依、诬陷迫害……这些词令人窒息，我都不忍心写下去了。但我深深知道，以上绝境还远远不是灾难的全部，在人生过程中，还有大大小小许许多多匪夷所思的艰涩会不期而遇。

既然灾难不可避免，灾难之后，我们怎么办？我想答案一定是形形色色的。不过万变不离其宗，大致可以分成两大类。

一条路是——我们可以终日啼哭，用泪水使太平洋的海拔高度上升。我们可以一蹶不振徘徊在墓地，时时沉湎在对亲人的怀念和追悼中。我们可以怨天尤人，愤问苍穹的不公和大自然的残忍。我们可以从此心地晦暗，再也不会欢笑和宽容……

沿着这条路一直走下去，那结局是末日的黑色和冰冷。

还有一条路是——我们拭干眼泪，重新唤起生的勇气。掩埋了亲人之后，我们努力振奋新的精神，以告慰天上的目光。我们更珍惜生命的价值和意义，争取用自己的存在让这颗星球更美。我们对他人更多温情和宽厚，因为我们从患难中理解了友谊和支援……

沿着这条路走下去，那结局是火焰般的橘黄色，明媚温暖。

小朋友和中朋友们，这两条路可是南辕北辙的啊。灾难之后，何去何从，千万三思而后行！

灾难是一把双刃剑，可以把一个人从精神上杀死，也可以把他锻造得更加坚强。所以，选择非常重要。

如果说，何时遭遇灾难，是不受我们控制的，但灾难之后我们如何走过灾难，却是我们一定能掌握的。在灾难的废墟上，愿生命之树依然常青。

风不能把阳光打败

"但是"这个连词,好似把皮坎肩缀在一起的丝线,多用在一句话的后半截,表示转折。

比方说:你这次的考试成绩不错,但是——强中自有强中手。

比方说:这女孩身材不错,但是——皮肤黑了些。

不知"但是"这个词刚发明的时候,对它前后意思的分量,大致公允?也就是说,它只是一个单纯纽带,并不偏谁向谁。后来在长期的使用磨损中,悄悄变了。无论在它之前,堆积了多少褒词,"但是"一出,便像洒了盐酸的污垢,优点就冒着泡沫没了踪影。记住的总是贬义,好似爬上高坡,没来得及喘口匀气,"但是"就不由分说把你推下了谷底。

"但是"成了把人心捆成炸药包的细麻绳,成了马上有冷水泼面的前奏曲。让你把前面的温暖和光明淡忘,只有振起精神,迎击扑面而来的顿挫。

其实,所有的光明都有暗影,"但是"的本意,不过是强调事物立体。可惜日积月累的负面暗示,"但是"这个预报一出,就抹去了喜色,忽略了成绩,轻慢了进步,贬斥了攀升。

一位心理学家主张大家从此废弃"但是",改用"同时"。

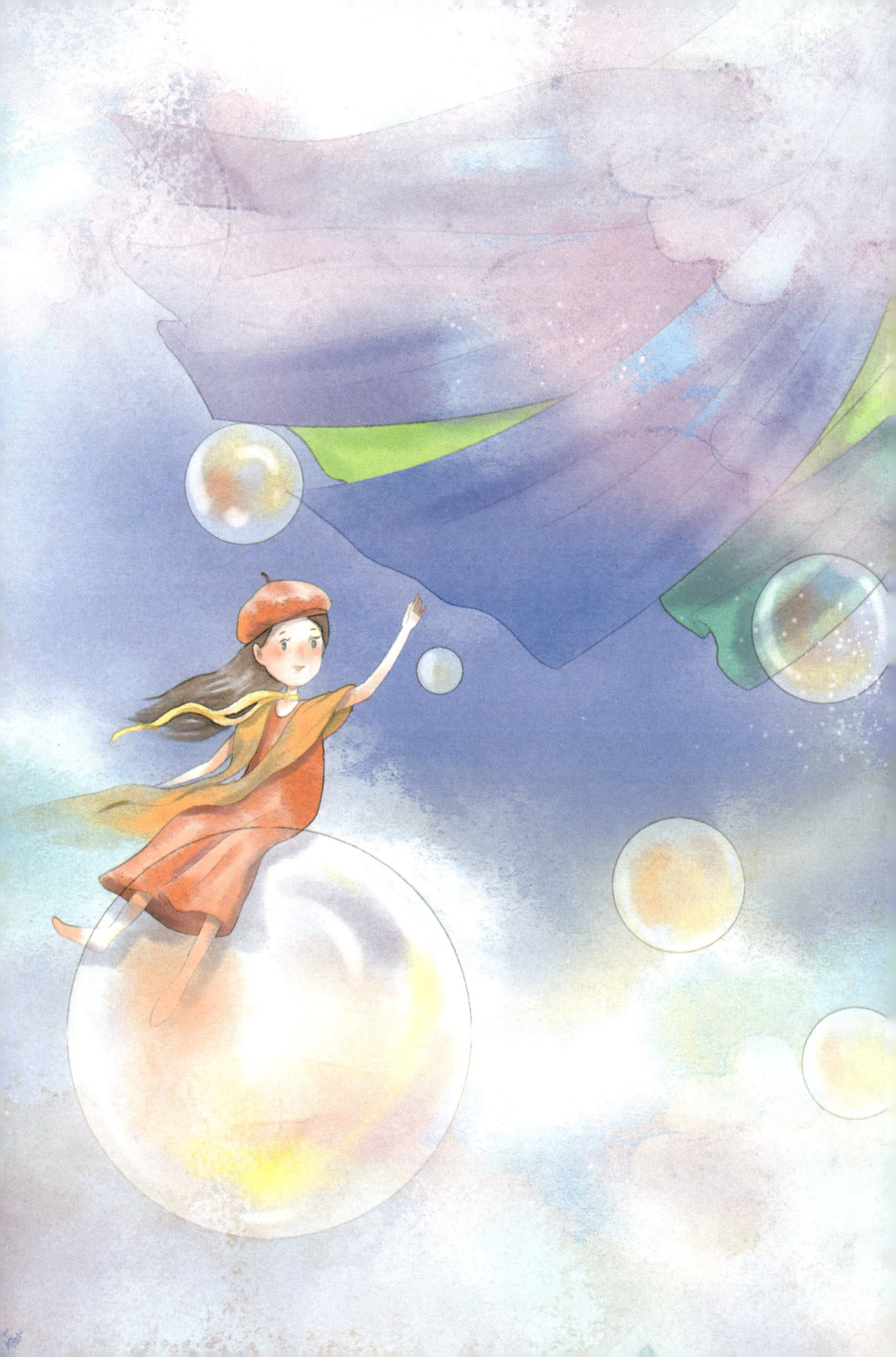

比如我们形容天气的时候，早先说：今天的太阳很好，但是风很大。

今后说：今天的太阳很好，同时风很大。

最初看这两句话的时候，好像没有多大差别。你不要急，轻声地多念几遍，那分量和语气的韵味，就体会出来了。

但是风很大——会把人的注意力凝固在不利的因素上。觉得太阳好不是件值得高兴的事情，风大才是关键。借助了"但是"的威力，风把阳光打败。

同时风很大——它更中性和客观，前言余音袅袅，后语也言之凿凿。不偏不倚，公道而平整。它使我们的心神安定，目光精准，两侧都观察得到，头脑中自有安顿。

一词背后，潜藏着的是如何看待世界和自身的目光。

花和虫子，一并存在。我们的视线降落在哪里？

"但是"，是一副偏光镜，让我们聚焦在虫子，把它的影子放得浓黑硕大。

"同时"，是一个透明的水晶球，均衡地透视整体。既看见虫子，也看见无数摇曳的鲜花。

尝试着用"同时"代替"但是"吧。时间长了，你会发现自己多了勇气，因为情绪得到保养和呵护。你会发现拥有了宽容和慈悲，因为更细致地发现了他人的优异。你能较为敏捷地从地上爬起，因为看到沟坎的同时也看到了远方的灯火……

每一天都去播种

朋友，当我看你的信的时候，是一个阴雨绵绵的早上。我仿佛听到你在远处悠长的叹息。我认识很多这样的女人，青春已永远驶离她们的驿站，只把白帆悬挂在她们肩头。在辛劳了一辈子之后，突然发现整个世界已不再需要自己。她们堕入空前的大失落，甚至怀疑自己生存的意义。

女人,你究竟为谁生活?

当我们幼小的时候,我们是为父母而活着的。我们亲昵的呼唤,我们乖巧的举动,我们帮母亲刷锅洗碗,我们优异的成绩给父亲带来欣喜……女孩以为这就是生存的意义。

当我们青春的时候,我们是为工作和知识而活着。我们读书,我们学习,我们在自己的岗位上努力地工作着,我们得各式各样的奖状……女人以为这就是生存的意义。

当我们和人类的另一半结合在一个屋檐下的时候,我们以为太阳会在每一个早上升起,风暴会被幸福隔绝在遥远的天际。我们以丈夫的事业为自己的事业,无私地贡献出自己的一切。遵循美德,妻子以为这就是生存的意义。

当我们有了自己的孩子以后,我们视孩子胜过自己的生命。在母亲和孩子的冲突中,女人是永远的弱者。在干渴中,只要有一口水,母亲一定会把它喂给孩子。在风寒中,只要有一件衣,母亲一定会披在孩子的身上……母亲以为孩子就是自己生存的意义。

终于,丈夫先我们而去,孩子已展翅飞翔。岗位上已有了更年轻的脸庞,整个世界已把我们遗忘。

这个时候,不管你有没有勇气问自己,你都必须重新回答:为谁而生存?

丈夫孩子事业……这些沉甸甸的谷穗里,都有女人的汗水,但它们毕竟不是女人自身。女人是属于自己的,暮年的女人,像秋天的一株白杨,抖去纷繁的绿叶,露出树干上智慧的眼睛,独自探索生命的意义。

生命对于每个人,都是上苍只有一次的馈赠。女人要格外珍惜生存的机遇,因为她们的一生更多艰难。我们是为了自己而生活着,不是为其他的任何人。尽管我们曾经如此亲密，尽管我们说过不分离。但生命是单独的个体，无论怎样血肉交融，我们必须独自面临世界的风雨。

女人要学会播种，即使是在一个没有收获的季节。女人太习惯以谷穗衡量是否丰收，殊不知有时播种就是一切。开心的钥匙不是挂在山崖上，就在我们伸手可及的地方。

只要你感到是为自己而生活，世界也许就会在眼中变一个样子。写文章，为什么一定要发表？自己对自己倾诉，会使心灵平和。练书法，为什么一定要展览？凝神屏气地书写，就是与天地古今的交融。教学生，为什么一定要到学校？做善事，为什么一定要别人知晓？

生命是朴素的，它让女人领略了绮旎的风光之后，回归到原始的平静。在这种对生命本质的探讨中，女人更深刻地认识自身的价值。

在生命所有的季节播种，喜悦存在于劳动的过程中。

电脑仆人

电脑是一位高贵的仆人。

说它高贵,第一是因为它的价格太高,一台能听音乐能传真的多媒体电脑,少说也在万元以上。对于工薪阶层来说,不是个小数目。在某些家庭里,它是身价最不菲的玩意儿,所以说它高贵,不冤枉。

第二是因为它目前还听不懂我们的家常话儿,要用特殊的操作指令,才能指挥得了它,交流起来有一定的难度。好像是一位异邦来客,需要打手势,彼此相处一段时间知晓了性格后,才可融洽。好在它聪明伶俐,脾气温顺,听使唤,随叫随到,不会给主人脸色看,也不叫苦不叫累。你让它干什么,它就干什么,以服从命令为天职,任劳任怨。

电脑就这样或蹑手蹑脚或大手大脚地走进了一个个家庭,潜移默化地改变着我们的生活。在某些人身上,简直引起了生存方式翻天覆地的变化。

一位下肢重残的青年,也许是机体的能量都灌注到上半身来了,他的大脑格外发达。他不甘寂寞,练过书法,试过写作,都成绩平平。爹妈嫌他好高骛远,担忧他这样想入非非,老人一死,靠什么养活自己呢?家人四处寻觅,终于找到了让残疾青年养活自己的招儿——往指甲钳上贴塑料

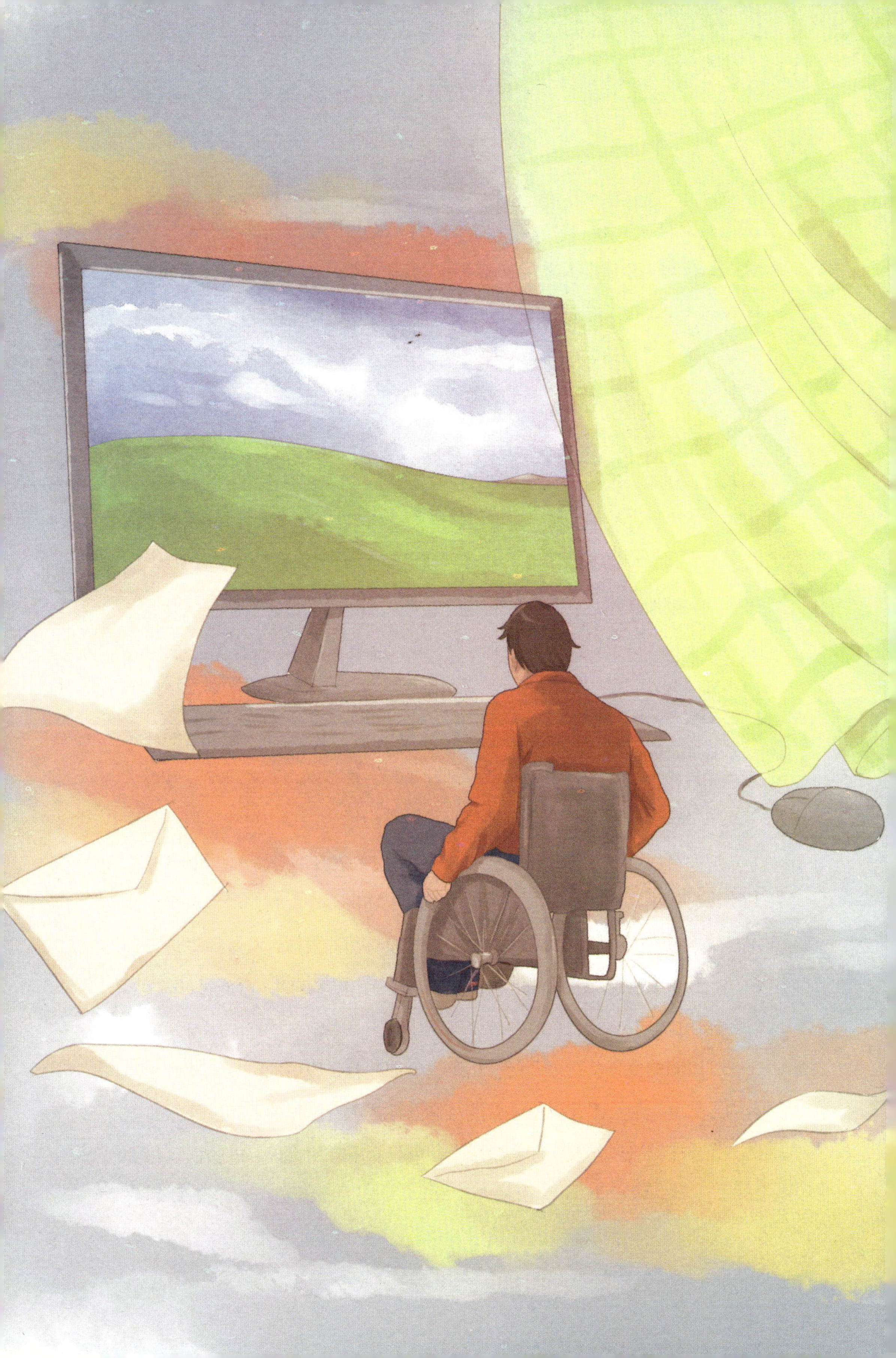

的小装饰物，一天干十几个小时，粘五十把指甲钳，挣的钱够买一个馒头。黏合剂的味道把人熏得双泪直流，泪眼蒙眬中，年轻人好像看到自己暗淡的一生，被一把把指甲钳剪成破碎透明的残渣。他挺直了上半身，心想，一定要把我的聪明才智发挥出来，找一个秀才不出门，可办天下事的行当。他对老爹老妈说，我知道你们为我攒了一笔钱，打算临死的时候交给我，你们好放心地闭眼。可通货膨胀，你们给我留的那点血汗钱，用不了几年，原本买馒头的钱就只够喝粥的了。不如现在拿出来，让我干一件大事。爹妈说，孩子，你一天歪在家里，天下有什么大事，能在床上办呢？残疾青年说，你们给我买一台电脑，然后配上专门的软件，剩下的钱，有多少都投到股市中去。爹妈吓得说，孩子，你以前只是腿脚不便，现在不会是脑子也有病了吧？青年冷笑着说，我以前脑子就好，现在再加上电脑，两个脑子加在一起，你们就等着发财吧！老人们看他狠巴巴的样子，含着泪照办了。崭新的电脑搬回家，软件也装上了，小伙子埋头研究，然后选了一个自以为吉祥的日子，到证券部开了户，连了网，正式参加了炒股大军。他坐在床上，面对计算机屏幕观察股市的行情，专作短线。周一到周五，他一整天目光炯炯地注视着显示屏，随时打入打出。居然就旗开得胜，几乎没有失手，逢到股市大动荡的时候，平均每一个月财产就翻一番。他说，有人说中国的股市没规律，世上没有没规律的事情，没规律也是一种规律。股市没有风平浪静的时候，再牛皮的市也有波澜。看到过冲浪吗，只要你抓住浪的规律，总能在波峰浪谷中踏出一条前进的路。股市好就好在一切瞬间的信息都是公开的，电脑里的曲线就是股市的脉搏。我像一个老中医把脉，细心跟踪观察，就能从蛛丝马迹中看出端倪，寻出炒作的题材。大户庄家兴风作浪，你紧紧跟上，就没有不赚的道理。电脑把我和股市连在一起，赚钱变成了斗智斗勇的游戏。有时候，我看出某只股票即将暴涨，除了自己按着电话键，倾其所有大量买进以外，真想把喜悦与人分享，利益与人共沾了。我把消息告诉了所有的朋友之后还不尽兴，会拿着电话，信手胡乱拨一个号码，对他说，你炒股吗？以前多半碰到的回答都是，炒什么股？不懂不懂。我就立刻把电话放下，不再同他啰嗦，心想我打算送你一把金钥匙，你却没预备下锁，这就怪不得我，是你没福气啊。我不气馁，再接再厉拨打，我终于会碰到股民，而且这种概率，随着形势的发展，越来越频繁了。当得到肯定的答复以后，我迫不及待地对他说，告诉你一个绝对可靠的消息，买××股票吧，求求你，听我的，没错，你一定会赚一大笔钱的……对方一般会说：神经病！然后啵地把电话挂断。也有个别懂行的人，会紧紧追问，你是谁？你怎么知道的？听谁说的？是不是有内线？……我回答他，我就是我，是电脑告诉我的……对方就说，电脑我也有，可是它不会说话……逢到这时候，我只有悲哀地把电话放下。他们不懂电脑，电脑是股市上警觉而忠诚的猎狗，嗅觉永不疲倦。计算机鼻子对金钱的灵敏，胜人百倍，没有哪种股价的动荡与起伏，能够逃脱它庞大的监测系统。人啊人，你太小看电脑了。

　　有一位老奶奶，88岁了，早年进过西洋学堂，性格不甘寂寞。看到孙儿们学习电脑，老人家也跃跃欲试。孩子们捂着嘴笑，又不敢忤了老祖宗的意思，料她不过心血来潮，三分钟的热度，便把一台淘汰了的386搬到她面前说，您就用它练练手吧。老人闹不清电脑的进化史，并不挑剔设备的优劣，端端正正坐到电脑跟前说，你们得派人教教我如何用电脑打汉字，我要用它给你们写信。众人原以为老人家会像敲凤凰琴似的，击击键盘过过瘾就迷途知返，金盆洗手了，不料如此认真，骇然之后，纷纷献计献策，介绍自己所用的汉字输入方法之利弊。老人听了一阵，不耐烦了，说，太复杂的我也记不下，我看这键盘上都是西文，就学一个以拼音为主的输入方法吧。一言九鼎，大家立刻商议派出刚上小学的重孙，教老奶奶学习汉语拼音。小教师殚精竭虑，老学生惨淡经营，终于有一天，满口吴侬软语的老奶奶学会了标准的汉语拼音输入法。老人家在一个清晨，神秘地掩上房门，开始用电脑给她的后代们写信。那封信诞生得很难，几乎用了整整一天。傍晚时分，老人捧着厚厚一沓信封，走出紧闭的房门时，目光中有少年人的活泼。她递给每个孩子一封信，略带羞涩地说，很抱歉，我还没有学会用计算机打出你们的地址和姓名，所以信封上的字，都是手写的。但信瓤儿绝对是电脑打印，请看看吧。孩子们急不可待又极端小心地打开了信封，但见每张洁白的信纸上，都用浓黑的魏碑体字迹打印着："我爱你。"

那一刻，满堂无声。老人家用她所能掌握的最先进技术，表达了一个最永恒最古老的命题，嘴角露出青春的笑容。

当我见到这位传奇老人时，她已放弃用电脑写信，尽管她现在已能挥洒自如地调遣更多的汉字。"孩子们很古板，说是更喜欢保存我用手写的那种有些抖动的字。怪啦，如今老年人喜欢新潮，年轻人倒喜欢怀旧。"老人家摇晃着满头白发，大感不解的样子，沉吟片刻后，她又说："客随主便吧。我的电脑现在最主要的用途不是写字，是玩电子游戏。以前的机器内存太小，速度又慢，许多好玩的游戏都运行不了。他们打算糊弄我呢，被我识破了，对他们说，升级升级！现在，我有一台崭新的奔腾机，可以玩最新版本的游戏了。"老人说着，指指蒙着蓝色蜡染布的电脑，得意之色溢于言表。我笑笑问道，"不知您老的游戏技艺如何？"老人很豪迈地说："我最近正在研究《三国演义》，不必非得用刘备、孙权、曹操、诸葛亮、关羽、张飞这些杰出人物，我可用任何一员战将达到统一中原的目的……"老奶奶目如流星，激动地搓动双手。我注意到，她的手指有一种属于年轻人的柔韧光泽。

我认识一位孩子，12岁，在国内的汉语网络上以化名发表了一系列关于目前学校教育对青少年身心健康影响的论文，观点犀利立论精当，读后有耳目一新之感。特别是他从一个孩子的角度，尖锐地表达一个弱小种类，对这个成人强权世界的激烈看法，令人感慨万分。当我向他表达敬重之意的时候，他荣辱不惊地说："谢电脑吧。如果不是网络的空间，掩埋住我的身份，让我藏在其中，畅所欲言，传统媒体中，哪有我说话的份？没有刊物会发表我的意见，没有人会听到我的声音。电脑是一种技术，它可以帮助弱小者，谁掌握了它，它就为谁服务，不会因为某种传统的等级观念欺负人。电脑是一种可以用很小力气就能支配的力量，不像大刀长枪，非得身高丈二膀阔腰圆才成。"

"电脑是孩子的朋友。"小小的理论家很深沉地结束了他的谈话。

我举的三个例子，分别是残疾人、老人和小孩，他们是人类柔软而易于受伤的腹部。电脑在这些弱小的人群中，受到出乎意料的爱戴。它改变改善改造着他们的生存状态，将一抹淡青色的曙光，布在他们的天幕上。当一种科学技术，能够普遍地使人类受惠，使人类最需要帮助的那一部分人，感觉到自己拥有了支配它的力量，因此觉得自己强大起来，它就是一位高贵而受人欢迎的仆人。

斯特朗的地毯鞋

这是一家老年人活动站,在新奥尔良。一栋简陋的楼房,早先是黑人的旅馆。进得门来,看到的都是白发苍苍的头颅,不论头发下的面孔是何种颜色,头发统是白而暗的。人的头发真是很奇怪,不管它们年轻的时候是黑的、棕的、黄的……到了尾声,一律都变垩白。我问安妮,白色的头发老了,会是怎样?安妮说,它们依旧是白色,但无光泽。

看来,亮度比颜色更说明一个生命的状况。

很多老人在这里活动,有的打牌有的下棋,还有三三两两的谈天健身。一些人聚在一起,听一位年轻的女孩讲解台风的知识。听众多是一些老女人,耳力不佳,年轻的女孩不得不扯着嗓子反复地重复。

老女人们对台风的兴趣,让我感动。我不知道自己到了这个年纪,还会不会对在远方出没的台风,抱有如此新鲜的兴趣。

在这些垂垂老矣的妇人面前,我觉察到了自己对天气的功利。她们不会上班,不会出差。说一句不好听的话,其中的绝大部分人,今生今世再也没有力气走出新奥尔良的橡树荫了。可她们依旧睁大浑浊的眼睛,努力分辨台风经过的途径,痴心地关注着和自己毫不相干的天气,这也许就是人和自然相濡以沫的渊源。

有一棵树，一棵假树，工艺树，做得很逼真，赭的树干，绿的枝条。大约有一人高，摆在活动站很显著的地方，树上挂着很多树叶，当然也都是人造的。每片树叶上写着一些字，或者是一幅小画。比如一片蜡烛形的叶子上写着：记住我有一只大鼻子的快乐的镶满皱纹的脸……然后是抖动的签名。

我问活动站的站长古薇尔女士，这是什么？

她说，这是曾经在这里活动，现在已经去世的老人，从天堂写给大家的信。

我的头皮轰的一声。死人是不能写信的，这是常识。古薇尔女士已经75周岁了，胸膛饱满如同揣着两个大菠萝蜜。她步履弹性很好地走来走去，使人无法怀疑她的说法。

新奥尔良一共有20所这样的老年活动站，每年需经费500万美元，经费的来源主要是四方面，联邦政府、州政府、地方政府一共可拨款400万美元。还有100多万美元的"洞"，就要靠自筹和社会捐款来解决。今天来活动的老人共有70多位，但有1000多位老人要求将免费的午餐送到家。所以，活动站的工作量很大。我一边听着她的介绍，一边锲而不舍地惦念着那棵有着奇异叶子的树。

古薇尔女士终于讲到了这棵树。噢，是老人们共同栽下了这棵树。每一位老人都知道自己死后，在这棵树上会有一个位置，悬挂自己的树叶。他们会在生前就写下这片叶子，然后保存在自己的亲人那里，如果他们没有亲人了，那就保存在活动站里。当他们去世之后，他的家人就会把他的叶子送来，挂在这里，永远的。大家常常来看望这些叶子，念着上面的话，有很温暖的蒸气,从这些叶子上蒸发出来,进入我们的眼睛……

古薇尔女士这样说着,我就看到她的眼睛湿润起来。哦,我错了,古薇尔女士久经生死,在说这些话的时候,神采飞扬,很为自己发明了这棵沟通生死的树而骄傲。不是水汽进入了她的眼睛,是水汽进入了我的眼睛。

与楼下的喧闹相比,楼上是静谧和安详的,有几位老人在绣花和织毛线,古老的女红的气息从风烛残年的鼻孔呼出,让人走路和说话都变得叹息般轻轻。

旁边有一个小小的橱柜,陈列着老人们的工艺品。一套极其美丽的婴儿装,雪白的翻卷的绒毛,精美的图案让人爱不释手。我很想买下,但偷偷觑见标价,要 50 美金,囊中羞涩,不敢问津。但我决定斟酌力量,一定买下一件老人们的产品。不单是留作纪念,也为了尽一点绵力。

一双黄色和蓝色毛线织成的地毯鞋。大而柔软,蓬松得如同两只小哈巴狗。虽然我家并没有地毯,我还是把它们买下来。然后我对古薇尔女士说,我能和"鞋匠"照一张相吗?古薇尔就拉着我向一位老人走去。

她身材瘦小,坐在轮椅中,在身体和轮椅的空隙中,夹着两团大大的毛绒球。她的手指干枯如藤,但依然很有力地操纵着两根毛衣针。上下翻动。在她的身边,摆着刚完成的一只地毯鞋,红黄相间,鲜艳如枫。

她叫斯特朗。今年 86 岁了,她患糖尿病很多年了,两条腿都截过了,眼睛已近乎失明……古薇尔介绍说。

我这才注意到斯特朗老奶奶轮椅下的"腿",白色的套鞋中,是冰冷的金属,风在她的腿间,毫无障碍地吹过。

斯特朗老奶奶笑着说,很高兴从中国来的客人,喜欢她的地毯鞋。她说,那套美丽的婴儿装也是她织的,只是现今年龄大了,有些力不从心,就专

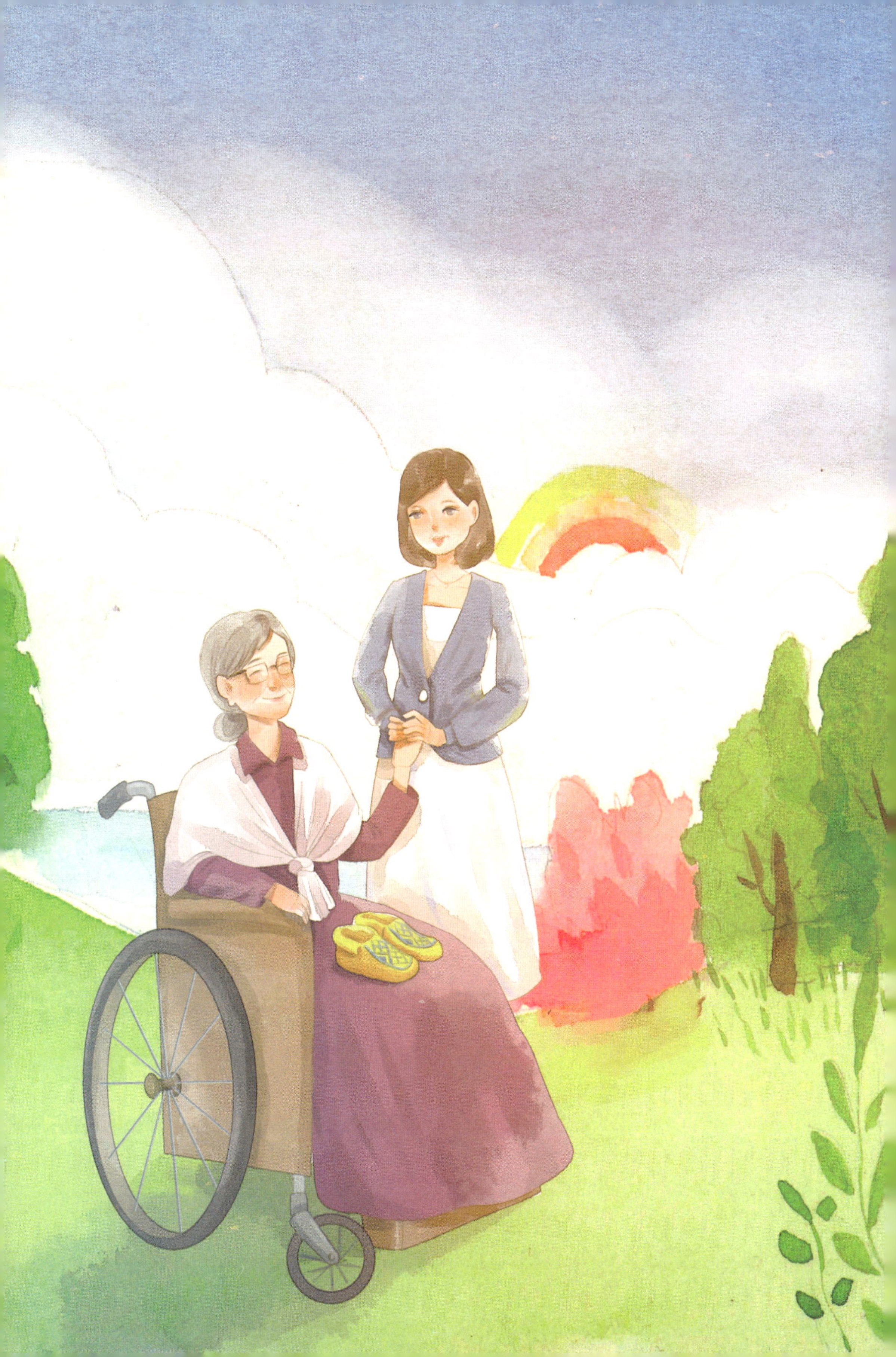

门织地毯鞋了。

我抚摸着一位没有脚的老人织出的精美的地毯鞋,心中充满痛彻的谢意。她把自己对脚的期待,织进鞋里了。

比树更长久的

　　人们对于生命比自己更长久的物件，通常报以恭敬和仰慕。对于活得比自己短暂的东西，则多轻视和俯视。前者比如星空，比如河海，比如久远的庙宇和沙埋的古物。后者比如朝露，比如秋霜，比如瞬息即逝的流萤和轻风。甚至是对于动物和植物，也是比较尊崇那些寿命高渺的巨松和老龟，而轻慢浮游的孑孓和不知寒冬的秋虫。在这种厚此薄彼的好恶中，折射着人对于时间的敬畏和对死亡的慑服。

　　妈妈说过，人是活不过一棵树的。所以我从小就决定种几棵树，当我死了以后，这些树还活着，替我晒太阳和给人阴凉，包括也养活几条虫子，让鸟在累的时候填饱肚子，然后歇脚和唱歌。我当少先队员的时候，种过白蜡和柳树。后来植树节的时候，又种过杨树和松树。当我在乡下有了几间小屋，有了一块属于自己的小园子之后，我种了玫瑰和玉兰，种了法桐和迎春。有一天，我在路上走，看到一截干枯的树桩，所有的枝都被锯掉了，树根仅剩一些凌乱的须，仿佛一只倒竖的鸡毛掸子。我问老乡，这是什么？老乡说，柴火。我说我知道它现在是柴火，想知道它以前是什么。老乡说，苹果树。我说，它能结苹果吗？老乡说，结过。我不禁愤然道，为什么要

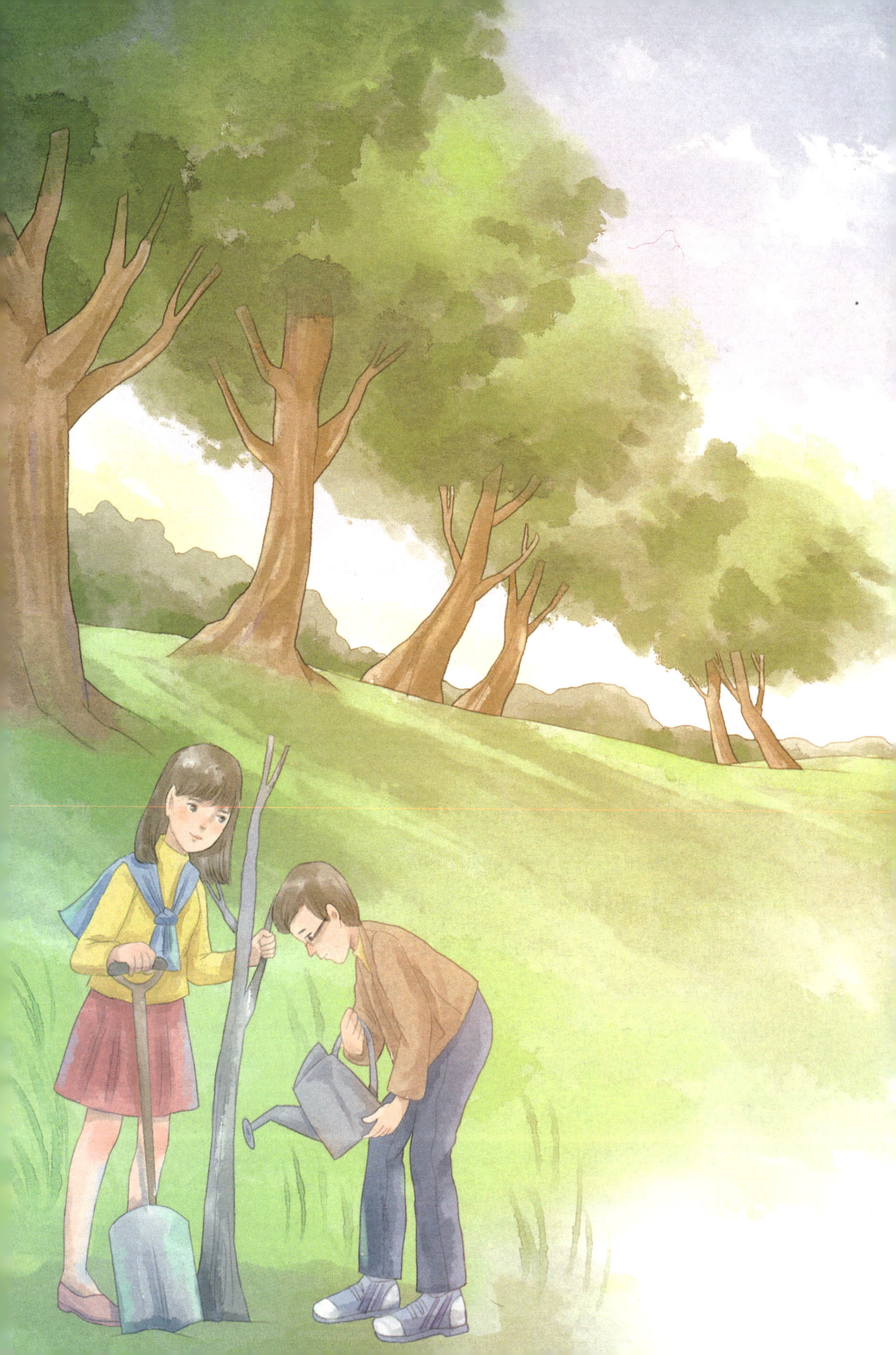

把开花结果的树伐掉？老乡说，修路。

公路横穿果园，苹果树只好让路。人们把细的枝条锯下填了灶坑，剩下这拖泥带土的根，连生火的价值都打了折扣，弃在一边。

我说，我要是把这树根拿回去栽起来，它会活吗？老乡说，不知道。树的心事，谁知道呢？我惊，说树也会想心事吗？老乡很肯定地说，会。如果它想活，它就会活。

我把鸡毛掸子种在了园子里。挖了一个很大的坑，浇了很多的水。先生说，根须已经折断了大部，根本就用不了这么大的坑，又不是要埋一个人。水也太多了，好像不是种树，是蓄洪。我说，坑就是它的家，水就是它的粮食。我希望它有一份好心情。

种下苹果树之后的两个月，我一直四处忙，没时间到乡下去。当我再一次推开园子的小门，看到苹果树的时候，惊艳绝倒。苹果树抽出几十枝长长短短的枝条，绿叶盈盈，在微风中如同千手观音一般舞着，曼妙多姿。

我绕着苹果树转了又转，骇然于生命的强韧。甚至不敢去抚摸它紫青色的树干，唯恐惊扰了这欣欣向荣的轮回。此刻的苹果树在我眼中，非但有了心情，简直就有了灵性。

当我看到云南个旧市老阴山上的文学林的时候，知道自己又碰上了一群有灵性的树。1983年的春天，丁玲、杨沫、白桦、茹志鹃、王安忆等二十多位作家，在这里种下了树。二十一年过去了，我看到一棵高高的杉树，上面挂着一个铭牌，写着"李乔"。李乔是位彝族作家，已然仙逝。我没缘分见到他本人，但我看到了他栽下的树。以后当我想起他的时候，记不得他的音容笑貌，但会闪现出这棵高大的杉。李乔已经把生命的一部分嫁接到杉的枝叶里，这棵杉树从此有了自己的名姓。

也许是考虑到每人一棵树，不一定能保证成活，也不一定能保证多少年后依然健在，这次聚会，栽树的仪式改为大家同栽一棵树。这是一棵很大的树，枝叶繁茂。我也挤在人群中扬了几锹土，然后悄悄问旁人，这是一棵什么树？是棕树的一种，国家二类保护树种呢！工作人员告诉我。这棵树能活多少年呢？我又追问。这个……不大清楚。想来，一百年总是有的吧。工作人员沉吟着。

我看着那棵新栽下的棕树，心想不管它的寿命多么长久，总有凋亡的那一天。也许是被雷火劈中，也许是山洪冲毁，也许是冰霜压垮，也许是盗木者砍伐……总之，一棵树也像一个人一样，有无数种死法，总之是不会永远长青的。

在栽树的时候，去谋划一棵树的死亡，这近乎是刻毒了。我不想诅咒一棵树。鉴于一个人总是要死的，人们寄希望于那些比个体生命更悠远的事物。但一棵树也是会死的，即使像我捡来的苹果树那样顽强且有好心情的树，也是会死的。既然树木无望，我们只有寄托于精神的不灭。

一个人是活不过一棵树的，然而再古老的树也有尽头。在所有的树的上面，飞翔着我们不灭的精神，而文学是精神之林的一片红叶。

变化的哀伤

变化无穷。从蛹到蝶，从蚕到蛾，从矿石到金属，从少年到成人。从一个地方到另一个地方，从一个行业到另一行业。从目不识丁到学富五车，从一个人到两个人到三个人以至更多，从卑微到高尚到倾国倾城青史留名。从乡村到城市，从神州到世界……

变化是一个过程，其间充满危险。小时逮过知了的幼虫，就是民间俗称的"马猴"，黑褐板结的外壳，锋利的脚爪，佝偻着，苍老丑陋。傍晚，我把它扣在盆子里，清晨打开，看到一只晶莹剔透的蝉，绉纱般的羽翼正由鹅绿飘向清咖啡色，一旁抛着它僵硬的袈裟。我很想看到蝉从壳中钻出的一刹那，第二日，克制着困倦，以一个少年最大的忍耐，在半夜三点的时候，猛地打开了陶盆。蝉正艰难地蜕变着，挣扎着，背脊开裂，折叠的翅膀如同尚未发好的豆芽，湿淋淋蜷曲着。我动了恻隐之心，用手指撕开蝉的外壳，帮助它快些娩出……之后我心满意足地睡觉去了。早上当我以为能看到一名不知疲倦的流行歌手时，迎接我的是枯萎的尸体。

变化是一个过程。哪怕它曾是我们久久的渴望，都携带着深深的哀伤。因为我们旧有的熟悉的一部分，在变化中无可挽回地丢失了，遗下点点血迹，如同我们亲手截断了自己的一臂。我们只有用留下的那只温热的手，执着渐渐冷却的手，为它送行。一个稚嫩的我们不熟悉的新肩膀，正艰难地植入我们的躯体。伤口在出血，磨合很苦涩，但生机勃勃的变化就在这寂静和摩擦中不可扼制地绽放了。

我们在变化中成长。如果你拒绝了变化，你就拒绝了新的美丽和新的机遇。变化使我们成熟，但它首先使我们痛苦。人生中最重要的变化，一定伴随着大的焦灼和忧虑，甚至可以说，如果没有蚀骨销魂的痛，变化就不够清醒和完整。

痛苦是变化装扮的鬼脸——一个无所不在的先锋。

绿手指

美国某小镇，有一位老奶奶，长着"绿手指"。千万别以为她是个妖怪或有什么特异，这是当地人对好园丁的称赞。

一天，老人在报上看到一条消息，园艺所重金悬赏纯白金盏花。老奶奶想：金盏花，除了金色，就是棕色。白色的？不可思议。不过，我为什么不试试呢？

她对8个儿女讲了，遭到一致反对。大家说，你根本不懂种子遗传学，专家都不能完成的事，你这么大的年纪了，怎么可能呢？

老奶奶决心一个人干下去。她撒下金盏花的种子，精心侍弄。金盏花开了，全是橘黄的。老奶奶在中间挑选了一朵颜色稍淡的花，任其自然枯萎，以取得最好的种子，第二年把它们栽种下去。然后，再从花朵中挑选颜色浅淡的种子栽

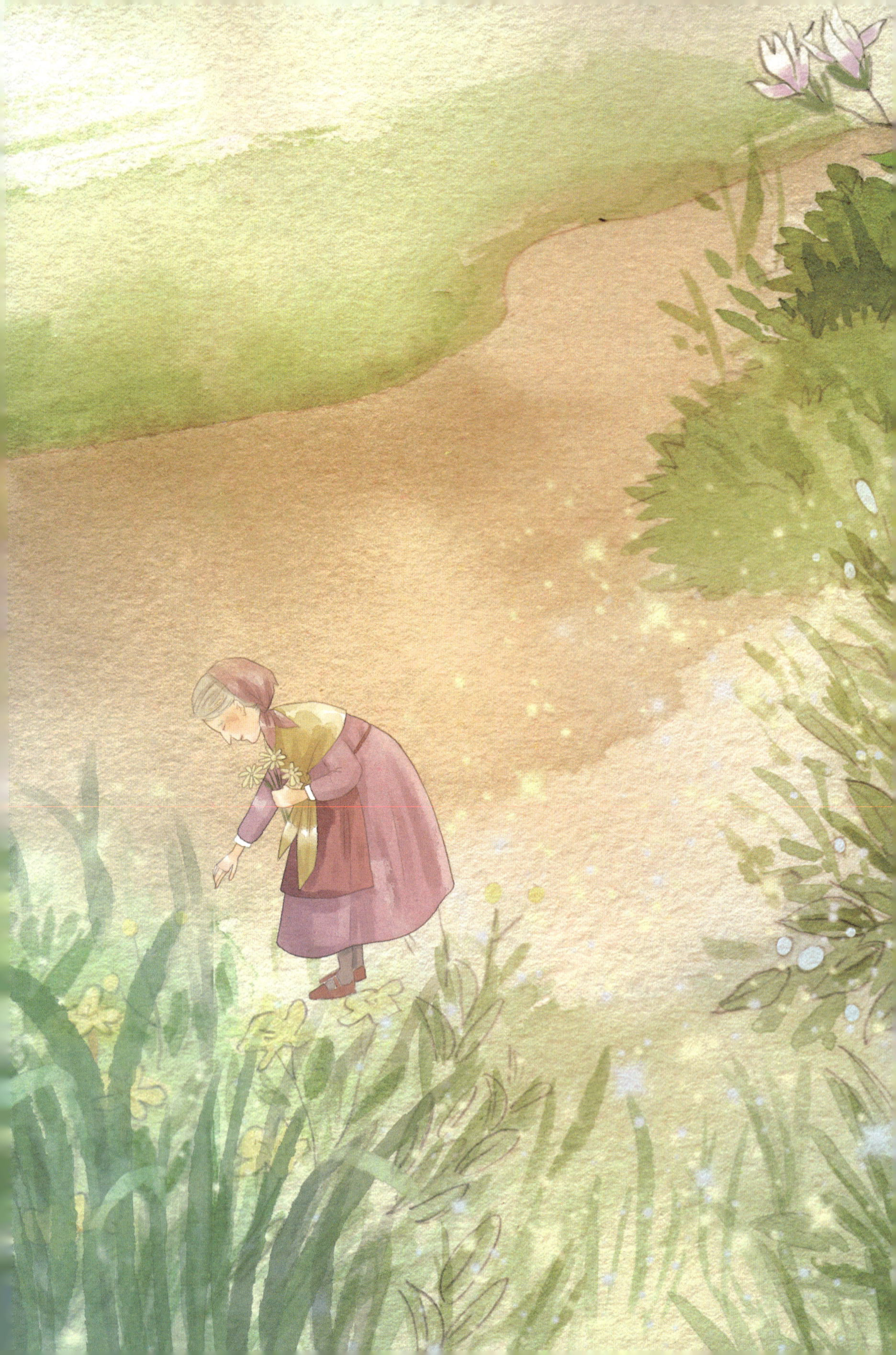

种……一年又一年，春种秋收循环往复，老奶奶从不沮丧怀疑，一直坚持。儿女远走了，丈夫去世了，生活中发生了很多的事，老奶奶处理完这些事之后，依然满怀信心地栽种金盏花……

20年过去了。有一天早晨，她来到花园，看到一朵金盏花，开得奇特灿烂。它不是近乎白色，也不是很像白色，是如银如雪的纯白。

她把100粒种子寄给了那家20年前悬赏的机构。她甚至不知道这则启事还是否有效，在这漫长的岁月里，是否早就有人培育出了纯白金盏花。

等待的日子长达一年，因为人们要用那些种子验证。终于，园艺所长打电话给老奶奶说，我们看到了你的花，它是雪白的。因为年代久远，资金不再兑现，您还有什么要求吗？

老奶奶对着听筒小声说，只想问一问，你们可还要黑色的金盏花？

购买一个希望

那年在国外,看到一个穷苦老人在购买彩票。他走到彩票售卖点,还未来得及说话,工作人员就手脚麻利地在电脑上为他选出了一组数字,然后把凭证交给他。他好像无家可归,没有什么固定的目标要赶赴,买完彩票,就在一旁呆呆站着。我正好空闲,便和他聊起来。

我问,你为什么不亲自选一组数字呢?

他说,是我自己选的。我总在这里买彩票。工作人员知道我要哪一组数字。只要看到我走近,就会为我敲出来。

我说,那你每次选的数字都是一样的喽?

他说,是的。是一样的。我已经以同样的数字买了整整40年彩票。每周一次,购买一个希望。

我心中快速计算着,一年就算52个周,四五二十,二五一十……然后再乘以每注彩票的花费……天!我问道,你中过吗?

他突然变得忸怩起来,喃喃地说,没中过。有一次,大奖和我选的数字只差一个。

我说,那以后,你还选这组数字吗?

他很坚定地说，选。

我说，我是个外行，说错了你别见怪。依我猜，以后重新出现这组数字的概率是极低的，更别说还得有一个数字改成符合你的要求。

他说，你说得对，是这样的。

我就愣了。他衣衫褴褛面容憔悴。买彩票的钱虽然不多，但周复一周地买着，粒米成箩，也积成了不算太小的数目。用这些钱，为什么不给自己买一身蔽寒的衣服，吃一顿饱饭呢？再说，固执地重复同一组数字，绝不更改，实在也非明智之举。

我不忍伤他心，又不知说什么好，只有久久地沉默了。过了一会儿，他主动开口说，你一定很想知道那是一组什么样的数字吧？

我点头说，是啊。

他有些害羞地说，那是我初恋女友的生辰数字。每周我下注的时候，都会想起她，心中就暖和起来。

我说，那到了开奖的时候，你知道自己没中，会不会心中寒冷？

他笑了，牙齿在霓虹灯下像糖衣药片一样变幻着色彩。他说，不会。我马上又买新的一轮彩票，希望就又长出来了。我很穷，属于穷人的希望是很有限的。用这么少的钱，就能买到一个礼拜的快乐，这种机会，在这个世界上，实在是不多。更不用说，那个数字还寄托着我的回忆。如果我选的这组数字中大奖，她一定会注意到的，因为那是她的生辰啊。紧接着她会好奇是谁得了这份奖金？于是就能看到我的名字。她立刻就明白我这一辈子没有忘记她，而且我有了这么多的钱，她也许会来找我……

老人说完，就转过身，缓缓地走了。

后来，我把这个真实的故事讲给很多人听。每个人听完后都会长久地沉默。然后说，真盼望他中奖啊！

没有一棵小草自惭形秽

被人邀请去看一棵树，一棵古老的树。大约有五千年的历史，已被唐朝的地震弯折了腰，半匍匐着，依然不倒，享受着人们尊敬的注视。

我混在人群中直着脖子虔诚地仰望着古树顶端稀疏的绿叶，一边想，人和树相比是多么的渺小啊。人生出来，肯定是比一粒树种要大很多倍，但人没法长得如树般伟岸。在树小的时候，人是很容易就把树枝包括树干折断，甚至把树连根拔起，树就结束了生命。就算是小树长成了大树，归宿也是被人伐了去，修成各种各样实用的物件。长得好的树，花纹美丽木质出众，也像美女一样，红颜薄命，被人劫掠的可能性更大，于是很多珍贵的树种濒临灭绝。在这一点上，树是不如人的。美女可以人造，树却是不可以人造的。

树比人活得长久，只要假以天年，人是绝对活不过一棵树的。树并不以此傲人，爷爷种下的树，照样以硕硕果实报答那人的孙子或其他人的后代。

通常情况下，树是绝对不伤人的。即使如前几天报上所载一些村民在树下避雨，遭了雷击致死，那元凶也不是树，而是闪电，树也是受害者。人却是绝对伤树的，地球上森林数量的锐减就是证明，人成了树的天敌。

树比人坚忍。在人不能居住的地方，树却裸身生长着，不需要炉火或是空调的保护。树会帮助人的，在饥馑的时候，人扒过树的皮以充饥，我们却从未听到过树会扒下人的什么零件的传闻。

很多书籍记载过这棵古树，若是在树群里评选名人的话，这棵古树是一定名列前茅了。很多诗人词人咏颂过这棵古树，如果树把那些词句都当作叶子一般披挂起来，一定不堪重负。唐朝的地震不曾把它压倒，这些赞美会让它扑在地上。

树的寿命是如此的长久，居然看到过妲己那个朝代的事情。在我们死后很多年，这棵古树还会枝叶繁茂地生长着。一想到这一点，无边的嫉妒就转成深深的自卑。作为一个人活不了那么久远，伤感让我低下头来，于是我就看到了一棵小草，一棵长在古树之旁的小草。只有细长的两三片叶子，纤细得如同婴儿的睫毛。树叶缝隙的阳光打在草叶的几丝脉络上，再落到地上，阳光变得如绿纱一样飘浮了。

这样一株柔弱的小草，在这样一棵神圣的树底下，一定该俯首称臣毕恭毕敬了吧？我竭力想从小草身上找出低眉顺眼的谦卑，最后以失望告终。这棵不知名的小草。毫无疑问是非常渺小的。就寿命计算,假设一岁一枯荣，老树很可能见过小草五千辈以前的祖先。就体量计算，老树抵得过千百万小草集合而成的大军。就价值来说，人们千里万里路地赶了来，只为瞻仰老树，我敢肯定没有一个人是为了探望小草。

　　既然我作为一个人，都在古树面前自惭形秽了，小草你怎能不顶礼膜拜？我这样想着，就蹲下来看着小草。在这样一棵历史久远声名卓著的古树身边为邻，你岂不要羞愧死了？

　　小草昂然立着，我向它吐了一口气，它就被吹得蜷曲了身子，但我气息一尽，它就像弹簧般伸展了叶脉，快乐地抖动着。我再吹一口气，它还是在弯曲之后怡然挺立。我悲哀地发现，不停地吹下去，有我气绝倒地的一刻，小草却安然。

　　草是卑微的，但卑微并非指向羞惭。在庄严的大树身旁，一棵微不足道的小草都可以毫不自惭形秽地生活着，何况我们万物灵长的人类！

化贫苦为神奇

中国多穷人。贫穷是一件很可怕的事情,尤其是童年时代的贫穷,会给人留下久久渗血的伤口。即使那伤口在时间的绷带下似乎愈合,风调雨顺时恍然不觉,一旦风雨交加,就会引爆疼痛。

《矿工的儿子》是一本讲了很多贫穷故事的书,比如蔡合城幼年时代,六岁时就眼见着自家的茅屋被泥石流摧毁,七岁就学会贩卖干树枝以换取学费。家中五代都是矿工,妈妈到矿坑口推运煤渣车,肩上永远是磨破的血痂。蔡合城十岁时就要每晚上去推台车,从午夜十二点到凌晨四五点穿过幽深的隧道,在震惊台湾的大矿难中险些丧命……看到这些章节的时候,你会唏嘘不止,但在内心的最深处,还有一份保留。这就是——你蔡合城虽然苦,但肯定不是世上最苦的人,一定还有比你更苦的人存在。

贫苦可以成为很多人奋斗的动力,这样的传奇我们也听过很多。看到书的中间部分,果然不出我们所料,艰难困苦孕育了奋发不息的精神,蔡合城取得了骄人的成绩。他先是以第一名的成绩,成了第一位考上省立基隆中学的矿工之子,然后以一千九百六十五包泡面充饥刻苦读书换得了商专的文凭,喝豆浆又成就了自己的美好姻缘,成为王永庆的球童,完成了大学的学业，之后又到美国取得了教育学硕士学位，开办了自己的公司和会计师事务所……读到这里，你会感叹，会为蔡合城高兴，会羡慕他的努力和成就。如果这本书的价值仅仅到这里，我们依然还可找到很多同类的书籍以励志和鞭策自我。

接着，我们看到了蔡合城更大的成功，他以四十多岁的"高龄"转行到竞争非常激烈的保险业，在短短的时间内取得了令人瞠目结舌的战绩。入行第一年就成了台湾的销售冠军，第二年业绩精进，第三年又是台湾冠军……不过，最震撼我的还不是这些耸动的记录，而是取得了如此显赫成就之后的蔡合城说的如下这句话。

"对于我们这种穷人家出身的小孩，物质方面的需求真是很容易被满足，反倒是心理上那种总是惶惶不安、吃一顿不知下一顿在哪里的感觉，那种从小到大挥之不去的经济焦虑，才是曾经穷困过的人一辈子要面对的课题。"

中国在迅速的变革之中，我们有太多由穷变富的成功人士，却鲜有蔡合城这般的思考和升华。所以，我们才有那么多富了却并不快乐的人，富了却没有目标的人。穷人读这本书，可以看到怎样致富。富人读这本书，可以看到怎样安宁。无论穷人还是富人还是不太穷也不太富的人，都可以看到蔡合城内心运行的丰富轨迹，被他的慈悲和博爱所感动。

我以为这正是本书最大的贡献所在。蔡合城成功地解答了以上那个课题，并把他的心得和我们大家分享，他是如此的清醒和谦逊，把贫苦化为了神奇。

学会看病

儿子长得比我高了。一天,我看他有点儿打蔫儿,就习惯性地摸摸他的头,在这一瞬间的触摸中,我知道他在发烧。

"你病了。"我说。

"噢,可能是病了。我以为是睡觉少了呢。妈妈,我该吃点儿什么药?"他问。

我当过许多年医生,孩子有病,一般都是我在家里给治了,他几乎没有去过医院。这次,当我又准备在家里的储药柜里找药时,却突然怔住了。

"你长大了,你得学会看病。"我说。

"看病还用学吗?您给看看不就行了吗?"他大吃一惊。

"假如我不在家呢?"

"那我就打电话找你。"

"假如……你找不到我呢?"

"那我就……找我爸。"

这样逼问一个生病的孩子也许是一种残忍。但我知道,总有一天他必须独立面对疾病。既然我是母亲,就应该及早教会他看病。

"假如你最终也找不到你爸呢？"

"那我就忍着。反正你们早晚会回家的。"儿子说。

"有些病是不能忍的，早治一分钟是一分钟。得了病最应该做的事情就是上医院。"

"妈妈，您的意思是让我独自去医院看病？"他说。

"正是。"我咬着牙说，生怕自己会改变主意。

"那好吧……"他摸着脑门，不知是虚弱还是思考。

"你到街上去打车，然后到医院。先挂号，记住，要买一个病历本。然后到内科，先到分诊台，护士让你到几号诊室你就到几号，坐在门口等。查体温的时候不要把人家的体温表打碎……"我喋喋不休地指教着。

"妈妈，您不要说了。"儿子沙哑着嗓子说。

我的心立刻就软了。是啊，还毕竟是孩子，而且是病中的孩子。我拉起他滚烫的手，说："妈妈这就领你上医院。"他挣开我的手，说："我不是那个意思。我是说我要去找一支笔，把您说的看病的过程记下来，我好照着办。"

儿子摇摇晃晃地走了。从他出门的那一分钟起，我就开始后悔。我想我一定是世上最狠心的母亲，在孩子有病的时候，不但不帮助他，还给他雪上加霜。我就是想锻炼他，也该领着他一道去，一路上指点指点，让他先有个印象，以后再按图索骥。这样虽说可能留不下记忆的痕迹，但来日方长，又何必在意这病中的分分秒秒呢？

时间艰涩地流动着，像沙漏坠入我忐忑不安的心房。两个小时过去了，儿子还没有回来。虽然我知道看病是件费时间的事，但我的心还是疼痛地收缩成一团。

虽然我毫无疑义地判定儿子患的只是普通的感冒，如果寻找适宜锻炼看病的病种，这是最好的选择，但我还是深深地谴责自己。假如事情重来一遍，我再也不让他独自去看病了。这一刻，我只要他在我身边！

终于，走廊上响起了熟悉的脚步声，只是较平日拖沓。我开了门，倚在门上。

"我已经学会了看病。打了退烧针，现在我已经好多了。这真是件麻烦的事。不过，也没什么大不了的。"儿子骄傲地宣布。然后又补充说："您让我记的那张纸，有的地方顺序不对。"

我看着他，勇气又渐渐回到心里。我知道应该不断地磨炼他，在这个过程中，也磨炼自己。

孩子，不要埋怨我在你生病时的冷漠。总有一天，你要离我远去，独自面对生活。我预先能帮助你的，就是向你口授一张路线图，它也许不那么准确，但聊胜于无。

无形容颜

除了蒙面匪，我们向人时都有一副容颜，或姣或陋，此乃上天与父母合谋的奉送。它像一件不是自主选定的商品，无处退换，不论满意与否，都得义无反顾地佩戴下去，还需忍受它的褪色与破旧，直至与身俱灭。虽说整形与美容术，可使某些乏善可陈的相貌，得到部分修理订正，但从根本上讲，我们的脸，都是造化随机奉送的礼物，绝非不喜欢就可轻易扒下，再换一张新品的卡通画片。

然而事情又有些怪异，按说千人千面，绝不雷同，但每逢分手之后，我追忆熟悉的朋友或新结识的诸色人等，他们的脸往往如淋了雨的泥娃娃，五官模糊成团。心屏上浮起的只是一汪暗影，好像柏油路上水渍洇开的油迹，朦胧浮动，难以界定。淡去的眉眼缩略简化成某种符号——亲切或是寒冷的感觉；温馨或是漠然的情致；和谐或是嘈杂的音调。或许干脆涌出一片颜色：柔润的夕阳红，华贵的荸荠紫，神秘的宇航灰或污浊的狗尾巴黄。更多的时候，一提到某个名字，与之相关的那张具体的脸，仿佛突然被巨型消字灵涂掉，代之一股情绪的云雾，或愉悦或厌倦，弥漫心头。

早先以为自己有残，脑里专管录像的那一部分遭了虫蛀，成了破包袱皮，再也包裹不住有关相貌的记忆。后来年事渐长，与人交流，才知天下有这等恍惚毛病的人颇不少。方明白人的脸，乃是一个变数。

眼光直接注视的时候，对方的眉目自然是清晰的。可惜心灵的感光，基本上是一次成像不保存底片，加上懒散，有形的面容一旦撤离视野，记忆就清理屏幕，大而化之地分门别类，一一归档。人的有形容貌，无法恒久烙下记忆，卷宗收留的只是提炼过的印象。

世上资产，分为有形和无形。无形资产的定义，我以为是指超出物质的实际价值，由于你卓越的努力，在人们心目中形成的信任——简言之，它是你的名字进入他人耳鼓时，呼唤起的一种美好感情。

摈除其中的商业因素，对于人的容颜来说，或可借用这个概念。

脸后有脸。

上天赋予我们的——端正或歪斜的眉眼，粗糙或光滑的皮肤，颀长或愚笨的身材，完整或残缺的四肢……均是我们有形的容颜。每个人后天创造发展的性格品行能力，属于你的无形容颜。

无形脸有正负之分。一个人只有美丽的外表，却没有相应的内在质量，初次结识时秀丽外形所留下的愉悦印象，犹如沙上之塔，很快便会被残酷的现实潮水冲刷得千疮百孔。无形容颜的毁灭，像一场精神天花，人际关系一旦被传染，犹如多米诺骨牌訇然倒塌。从此提起你的时候，人们会遗憾甚或恼怒地说，那个人啊，金玉其外，败絮其中。

无形脸不会衰老。只要我们浇灌慧根，磨砺意志，拓展胸臆，它便会从幼年开始，如同花树一般渐渐生长。直至轮廓分明，明眸皓齿，青丝不老，慈眉善目……岁月流逝，沧海桑田，但在欢喜你亲近你的眼光中，你所留下的形象始终如一，引起的感觉永恒温暖。比如远行的双亲，纵是白发苍苍，

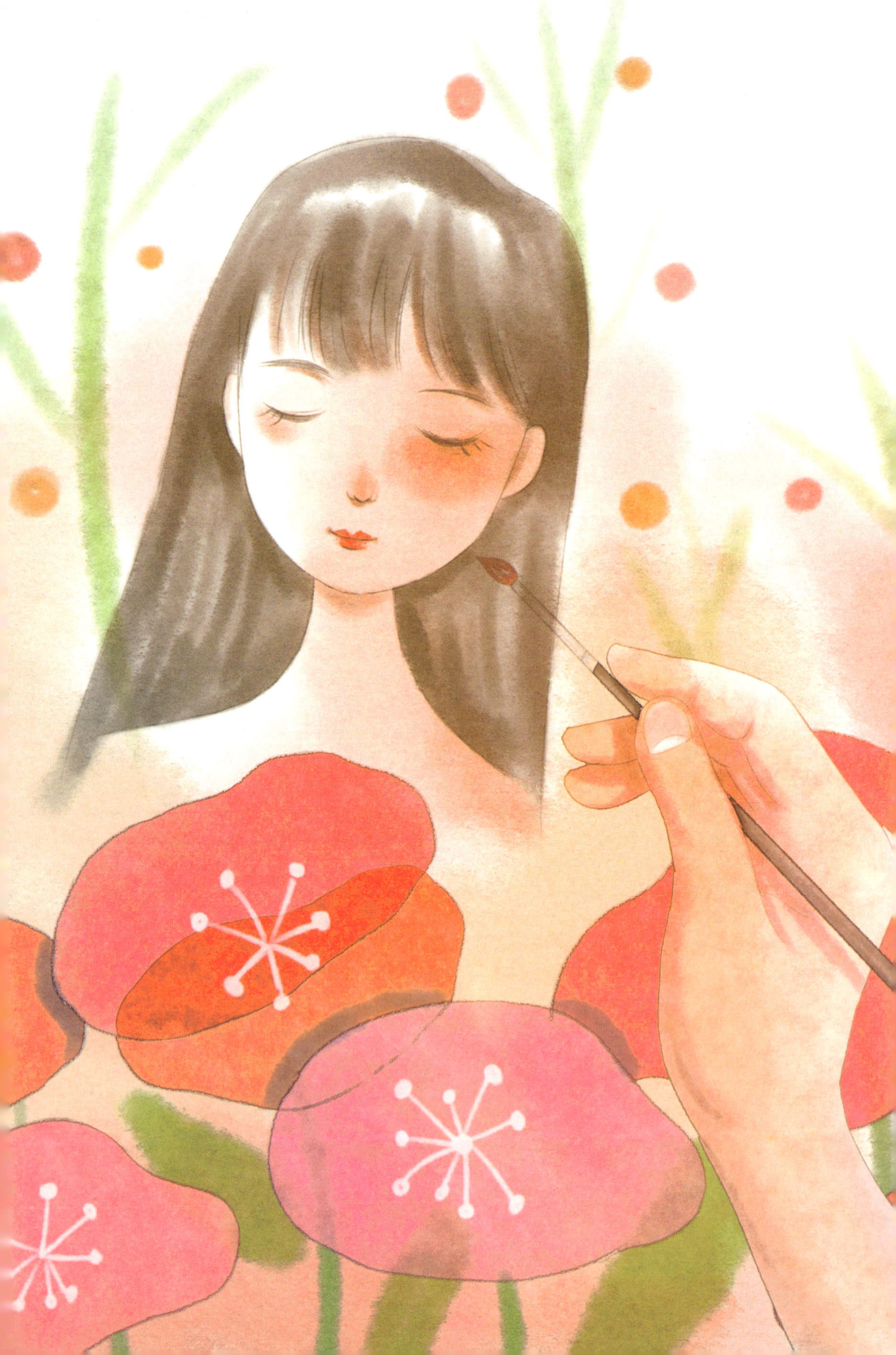

在儿女们心中，依旧盛年音容，丰采卓然。

我们习惯以思为笔，在心灵之纸上勾勒众人容貌。它和古时衙门的"画影图形"不同，与真实的形象已无关联，只对真实的情感负责。无形容貌是想象和判断的产物，摒弃工笔，重在写意。它缥缈着，却比分毫不差的实照，具有更持久更猛烈的魅力。

无形脸可以美丽也可以丑陋，能怒火中烧也能垂头丧气，会神采奕奕也会惨淡无光。无形容颜的营造，也像一门古老的手艺，师傅领进门，修行在个人。如果你背信弃义，无形脸的画布上，就留下贼眉鼠眼的一笔。如果你阿谀奉承，画布上就面色萎黄。如果你恃强凌弱，画布上就口眼歪斜。

如果你居心叵测，画布上就血盆大口。如果你聪慧机警，画布上就眉清目秀伶牙俐齿。如果你襟怀坦荡，画布上就有浩然正气流注天庭。

我们对有形的容颜可以心平气和，随遇而安。对无形的容颜却要惨淡经营，精益求精。有形的容颜可以有疵而不堕青云之志，无形的容颜不能肮脏受伤而无动于衷。

有形的脸可存不完美，无形的脸必得常修炼。

珍惜每个人的无形脸，它是品德签发的通行证。凭着优雅忠诚的无形容颜，我们可以在萍水相逢的一瞬，遭遇千金难买的信任，转危为安。我们可以在旋转的大千世界，找到志同道合的朋友，共赴天涯。

第三辑 心是一只美丽的小箱子

我们的心,好像一只美丽的小箱子,容量有限。当它储存物品的时候,经过了严格的挑选;把那些引起我们忧愁和苦闷的往事,甩在了外面,保留的是亲情和友情。

提醒幸福

我们从小就习惯了在提醒中过日子。天气刚有一丝风吹草动,妈妈就说,别忘了多穿衣服。才相识了一个朋友,爸爸就说,小心他是个骗子。你取得了一点成功,还没容得乐出声来,所有关切着你的人一起说,别骄傲!你沉浸在欢快中的时候,自己不停地对自己说:"千万不可太高兴,苦难也许马上就要降临……"

我们已经习惯于提醒,提醒的后缀词总是灾祸。灾祸似乎成了提醒的专利,把提醒也染得充满了淡淡的贬义。

我们已经习惯了在提醒中过日子。看得见的恐惧和看不见的恐惧始终像乌鸦盘旋在头顶。

在皓月当空的良宵,提醒会走出来对你说:注意风暴。于是我们忽略了皎洁的月光,急急忙忙做好风暴来临前的一切准备。当我们大睁着眼睛枕戈待旦之时,风暴却像迟归的羊群,不知在哪里徘徊。当我们实在忍受不了等待灾难的煎熬时,我们甚至会恶意地祈盼风暴早些到来。风暴终于姗姗地来了。我们怅然发现,所做的准备多半是没有用的。事先能够抵御的风险毕竟有限,世上无法预计的灾难却是无限的。战胜灾难靠的更多的是临门一脚，先前的惴惴不安帮不上忙。当风暴的尾巴终于远去，我们守住零乱的家园。气还没有喘匀，新的提醒又智慧地响起来，我们又开始对未来充满恐惧的期待。

人生总是有灾难。其实大多数人早已练就了对灾难的从容，我们只是还没有学会灾难间隙的快活。我们太多注重了自己警觉苦难，我们太忽视提醒幸福。

请从此注意幸福！

幸福也需要提醒吗？

提醒注意跌倒……提醒注意路滑……提醒受骗上当……提醒荣辱不惊……先哲们提醒了我们一万零一次，却不提醒我们幸福。也许他们认为幸福不提醒也跑不了的。也许他们以为好的东西你自会珍惜，犯不上谆谆告诫。也许他们太崇尚血与火，觉得幸福无足挂齿。他们总是站在危崖上，指点我们逃离未来的苦难。但避去苦难之后的时间是什么？

那就是幸福啊！

享受幸福是需要学习的，当幸福即将来临的时刻需要提醒。人可以自然而然地学会感官的享乐，人却无法天生地掌握幸福的韵律。灵魂的快意同器官的舒适像一对孪生兄弟，时而相傍相依，时而南辕北辙。幸福是一种心灵的震颤。它像会倾听音乐的耳朵一样，需要不断地训练。简言之，幸福就是没有痛苦的时刻。它出现的频率并不像我们想象的那样少。人们常常只是在幸福的金马车已经驶过去很远，捡起地上的金鬃毛说，原来我见过它。人们喜爱回味幸福的标本，却忽略幸福披着露水散发清香的时刻。那时候我们往往步履匆匆，瞻前顾后不知在忙着什么。

世上有预报台风的，有预报蝗虫的，有预报瘟疫的，有预报地震的。

没有人预报幸福。

其实幸福和世界万物一样，有它的征兆。

幸福常常是朦胧的，很有节制地向我们喷洒甘霖。你不要总希冀轰轰烈烈的幸福，它多半只是悄悄地扑面而来。你也不要企图把水龙头拧得更大，使幸福很快地流失。而需静静地以平和之心，体验幸福的真谛。幸福绝大多数是朴素的。它不会像信号弹似的，在很高的天际闪烁红色的光芒。它披着本色外衣，亲切温暖地包裹起我们。幸福不喜欢喧嚣浮华，常常在暗淡中降临。贫困中相濡以沫的一块糕饼，患难中心心相印的一个眼神，父亲一次粗糙的抚摸，女友一个温馨的字条……这都是千金难买的幸福啊。像一粒粒缀在旧绸子上的红宝石，在凄凉中愈发熠熠夺目。

幸福有时会同我们开一个玩笑，乔装打扮而来。机遇、友情、成功、团圆……它们都酷似幸福,但它们并不等同于幸福。幸福会借了它们的衣裙，袅袅婷婷而来，走得近了，揭去帏幔，才发觉它有钢铁般的内核。幸福有时会很短暂，不像苦难似的笼罩天空。如果把人生的苦难和幸福分置天平两端，苦难体积庞大，幸福可能只是一块小小的矿石。但指针一定要向幸福这一侧倾斜，因为它有生命的黄金。幸福有梯形的切面，它可以扩大也可以缩小，就看你是否珍惜。

我们要提高对于幸福的警惕，当它到来的时刻，激情地享受每一分钟。据科学家研究，有意注意的结果比无意要好得多。当春天来临的时候，我们要对自己说，这是春天啦！心里就会泛起茸茸的绿意。幸福的时候，我们要对自己说，请记住这一刻！幸福就会长久地伴随我们。那我们岂不是拥有了更多的幸福！

所以，丰收的季节，先不要去想可能的灾年，我们还有漫长的冬季来

得及考虑这件事。我们要和朋友们跳舞唱歌，渲染喜悦。既然种子已经回报了汗水，我们就有权沉浸幸福。不要管以后的风霜雨雪，让我们先把麦子磨成面粉，烘一个香喷喷的面包。

所以，当我们从天涯海角相聚在一起的时候，请不要踌躇片刻后的别离。在今后漫长的岁月里，有无数孤寂的夜晚可以独自品尝愁绪。现在的每一分钟，都让它像纯净的酒精，燃烧成幸福的淡蓝色火焰，不留一丝渣滓。让我们一起举杯，说：我们幸福。

所以，当我们守候在年迈的父母膝下时，哪怕他们鬓发苍苍，哪怕他们垂垂老矣，你都要有勇气对自己说：我很幸福。因为天地无常，总有一天你会失去他们，会无限追悔此刻的时光。

幸福并不与财富地位声望婚姻同步，这只是你心灵的感觉。

所以，当我们一无所有的时候，我们也能够说：我很幸福。因为我们还有健康的身体。当我们不再享有健康的时候，那些最勇敢的人可以依然微笑着说：我很幸福。因为我还有一颗健康的心。甚至当我们连心都不再存在的时候，那些人类最优秀的分子仍旧可以对宇宙大声说：我很幸福。因为我曾经生活过。

常常提醒自己注意幸福，就像在寒冷的日子里经常看看太阳，心就不知不觉暖洋洋亮光光。

坦言——心灵的力量

在报上看到两个年轻人的故事。他们非常聪明，是很好的朋友，都有硕士学位，并且在证券业有骄人的成就。其中一位还获得过全国证券交易排行榜第五名。

他们可谓少年得志，面前也有辉煌的前景。受一位朋友的引荐，他们双双接受一家公司的委托，成为国债交易的操盘手。应该说，他们的工作很努力，两个月后，他们已经为公司净赚了两百万元。但是，公司一直未与他们签订聘用合同，也没有在提成方面有一个明确的分配。他们内心不平衡，甲就对乙说，咱们给公司赢了那么多，他们对我们也没有个交待，找个时间把国债做一下，给公司施加一点压力。

两个人策划之后，一个自以为得计的阴谋形成了。他们又找到了在武汉也是做操盘手的丙，让他准备一笔两千万的款子，伺机而动。

约定的日子到了。他们的手法说复杂很复杂，不在其中的人，是绝不能操纵成功。说简单也简单，就是甲和乙不按常理，在开盘集合竞价的时候，把一只头一天还报113元卖出的国债，共计四万手，按80块钱卖出，企图让武汉的丙把它们买下来。最后给公司造成了四百万元的损失。

现在，这两位曾经是才华横溢前程远大的青年，在铁窗内度着生涯。他们的一生将因此笼罩在巨大的阴影中。在牢狱中，他们叹息自己不懂法律，付出了惨痛的代价。也许法学家或是金融家能从这一案例当中分析出各种经验教训，在我看来，还有一个极为重要的方面不应被忽视。

这一重大案件的起因，就是因为甲和乙的心理不平衡造成。他们还不够有经验，在和公司合作伊始，就要把劳务合同和奖惩条例签好，这是他们的一个失误。有了失误可以挽回，他们本可以向公司方面坦陈自己的意见，来个亡羊补牢。可是，他们似乎根本就没有朝这个正确的方向努力，而是一步就迈向了法律所禁止的边缘，开始了犯罪的谋划。

我们常常听到这样的故事。一对年轻人，彼此都很有好感，可是谁都没有勇气表白自己的内心。于是无数的旁敲侧击，无数的委屈误会，无数试探和揣摩，窗户纸始终不能捅破。结果呢，清高占了上风，谁都等着对方说第一句话，最后不了了之。漫长岁月后，都已人到暮年，冉次重逢袒露心迹，才知彼此的家庭都不幸福，后悔当年的迟疑。但现实是残酷的，逝去的青春不可能改写，只能存留永远的遗憾。

回想我们的经历，真是有太多时候，我们没有勇气将自己的真实想法和盘端出，我们一厢情愿期待着事件按照我们的想象向前发展。可惜这样的机遇总是十分稀少，不如意者十之八九。一旦失望，要么是退避躲让，要么是走向极端，却忘了一条最直接最简单的捷径，那就是——坦言。

其实那两位年轻的操盘手，如果在走马上任三个月后，认为没有得到相应待遇，心中忿忿，就可以直截了当地提出意见，争取自己的利益。如果公司方面答复不如意，也可以用更坚决更理智的方法，争取合法权益。可惜啊，他们舍近求远，他们弃易取难，甚至不惜用犯罪这样极端的手段，来达到一个原本正当的目的。

世上有多少痛苦和支离破碎，是因为双方的故弄玄虚？世上有多少悲剧，是因为误解和朦胧而发生？世间有多少罪恶，是因为隔膜和延宕而萌动？世上有多少流血和战争，是因为彼此的关闭和封锁而爆发？

坦言的"坦"字，在字典里的含义是"平"。把自己想要表达的意见，一马平川地说出来，不遮掩，不隐藏，不埋设地雷不挖掘壕沟，不云山雾绕也不神龙见首不见尾……清晰明白，心平气和，这是做人的基本功之一。

"坦言"常常被误认为是缺少城府涉世不深，其实这是一个天大的误会。在素以严谨著称的外交谈判中，坦率也是一个使用频率极高的词汇。越是面对分歧和隔阂，越需要开诚布公的坦言。

有人以为"坦言"是一个技术性的问题，以为掌握了若干讲话的小诀窍，就可游刃有余，其实"坦言"的基础是一个心理素养的问题。

首先，你要是一个襟怀坦荡敢于负责的人。它不是阿谀奉承的话，也不是人云亦云的话。它是你自我思考的结晶，它将透露你的真实想法，所包含的信息和观点，是你人格的体现。如果你畏葸求全，马首是瞻，那么，你无法坦言。

坦言说起来容易，真正做起来，那过程往往令人不安和焦灼。可能是一个集会或课堂的公开发言，也可能是和你的上司或师长的对谈，可能是面对心仪的异性的首次表白，也可能是因为我们的过失而道歉和忏悔……总之，坦言是一次精神和语言的冒险，其中蕴含着情感的未知和不可预测的反应。

然而，尽管困难重重，我们还是需要坦言。坦言是一种勇敢，因为你面对着世界，发出了独属你的声音。坦言是一种敢作敢当的尝试，因为你们既不是权势的传声筒，也不是旁人的回音壁。无论你的声音多么微弱和幼稚，可那是属于你的喉咙，它昭显了你的独立和思索。

有人以为坦言是不安全的，藏藏掖掖才是老练。我要说，往往你以为最不保险的地方才是最安全的。社会节奏如此之快，你吞吞吐吐，别人怎能知晓你繁复的内心活动？如果说在缓慢的农耕社会，人们还可以容忍剥茧抽丝的离题万里，那么在现代，坦言简直就是人生的必修课了。

有人以为坦言仅仅是嘴皮子上的功夫，其实不然。有人无法坦言，是因为他不知道自己究竟需要坚守怎样的观点。坦言是建筑在对自己和对社会的深切了解之上。如果你反对，你就旗帜鲜明。如果你热爱，你就如火如荼。如果你坚持，你就矢志不渝。如果你选择，你就当机立断。

年轻人有一个容易犯的毛病，就是假装深沉。这个责任不在青年，而是我们民族的约定俗成中，不恰当地推崇少年老成。年轻的特点就是反应机敏、头脑灵活、快人快语。如果强作拖沓徐缓之状，那是对青春活力的不敬。说话不在缓急，而在其中是否蕴含真情，富有真知灼见。如果一个老年人言之无物，看他体弱健忘的分上，人们还能有几分谅解的话，年轻人的故作深沉，只能让人生出悲哀。老年人对于新生事物，难以避免倦怠，但一个年轻人，违背天性欲盖弥彰，那简直就是逃避和无能的同义词了。

坦言的核心是自信，是尊重自己也尊重他人。你值得我信任，所以我对你说真话。你可以拒绝我的意见，但不要轻视我的热情。我信任我自己是有价值的，所以我能够直率地面向这个世界。

学会坦言，会对人的一生发生重大的影响。我看过很多应聘成功的例子，那骨子里很多是面对权威的坦言。坦言常常更快地显露你的人品和才华，显露你应变的能力潜藏能量。坦言是现代社会人际互动中极富建设性的策略，是一种建立良好情感环境的强大助力。

很多人在开始尝试坦言的时候，常易紧张和失态。如同一只刚刚出壳的小鸡，感动湿漉漉的寒冷。但是，你一定要坚持下去，你一定会渐渐地熟练。坦言之后，即使被心爱的异性拒绝，也比潜藏着愿望追悔一生要好。即使得罪了昏庸的上级，也比唯唯诺诺丧失了人格要好。因为坦言，我们把自己的弱点暴露在光天化日之下，就更有了改正和提升的动力。因为坦言，我们会结识更多肝胆相照的朋友，会获得更多打磨历练的机遇。

珍惜坦言。那是一种心灵力量的体现，我们的意志在坦言中捶打，变得坚强。我们的勇气在坦言中增强，变得坚定。我们的爱在坦言中经受风雨，变成养料。我们的友谊在坦言中纯粹，变得醇厚。

坦言会让我们失去面纱，得到赤裸裸的真实。世上有很多人是经受不起坦言的，一如雪人不能和春风会面。但是，这正说明了坦言的宝贵。从年轻就学会坦言，那就等于你获得了一棵益寿延年的心理灵芝。你可以在有限的时间内，得到更多行动和交流的自由。

感动是一种能力

感动在词典上的意思是——"思想感情受外界事物的影响而激动,引得同情或向慕。"虽然我对这本辞典抱有崇高的敬意,依然认为这种说法不够精准,甚至有点词不达意。难道感动是如此狭窄,只能将我们引向同情或是向慕的小道吗?这对"感动"来说,似乎不全面、不公平吧?感动比这要丰饶得多,辽阔得多,深邃得多啊。

感动最望文生义最平直的解释就是——感情动起来了。你的眼睛会蒸腾出温热的霞光,你的听觉会察觉远古的微响,你的内心像有一只毛茸茸的小松鼠越过,它纤细而奔跑的影子惊扰你思维的树叶久久还在曳动。你的手会不由自主地出汗,好像无意中拣到了天堂的房卡,你的足弓会轻轻地弹起,似乎想如赤脚的祖先一般迅跑在高原……

感动的来源是我们的感官,眼耳鼻舌身加上触觉和压觉。如果封闭了我们的感官,就戮杀了感动的根,当然也就看不到感动的芽和感动的果了。感官是一群懒惰的小精灵,同样的事物经历得多了,感官就麻痹松懈了。现代社会五光十色瞬息万变,感官更像被塞进太多脂肪的孩子,变得厌食和疲沓。如今人渐渐丧失了感动的能力,感动闪现的瞬间越来越短,感动扩散的涟漪越来越淡。因为稀缺，感动变成了奢侈品。很多人无法享受感动力，于是他们反过来讥讽感动，诟笑感动，把感动和理性对立起来，将感动打入盲目和幼稚的泥沼之中。

感动是一种**幸福**。在物欲横流的尘垢中，顽强闪现着钻石的瑰彩。当我们为古树下的一株小草决不自惭形秽，而是昂首挺胸成长而感动的时刻，其实我们想到的是人的尊严。我上小学的时候，在一次考试中，得到了有生以来最差的分数。万念俱灰之时，我看到一只蜘蛛锲而不舍地在织补它残破的网。它已经失败了三次，一次是因为风，一次是因为比它的网要凶猛百倍的鸟，第三次是因为我恶作剧的手。蜘蛛把它的破坏者感动了，风改了道，鸟儿不再飞过，我把百无聊赖的手握成了拳。我知道自己可以如同它那样，用努力和坚韧弥补天灾人祸，重新纺出梦想。我也曾在藏北雪原仰望浩渺星空而泪流满面，一种博大的感动类似天毯，自九天而下裹挟全身。银河如此浩瀚，在我浅淡生命之前无数年代，它们就已存在，在我生命之后无数年代，它们也依然存在。那么，我的存在又有什么意义呢？在这个惶然的瞬间，我被存在而感动，决心要对得起这稍纵即逝的生命。

我喜欢常常感动的女人，不论那感动我们的起因，是一瓣花还是一滴水，是一个旋动的笑颜还是一缕苍老的白发，是一本举足轻重的证书还是片言只语的旧笺……引发感动的导火索，也许举不胜举，可以有形，也可以是无所不在的氛围和若隐若现的天籁。感动可以骑着任何颜色的羽毛，在清晨或是深夜，不打招呼地就进入了心灵的客厅，在那里和我们的灵魂倾谈。

珍惜我们的感动，就是珍惜了生命的零件。在感动中我们耳濡目染，不由自主地逼近那些曾经感动过我们的灵魂。也许有一天，我们也在无意间成了感动的小小源头，淙淙地流向了另一个渴望感动的双眸。

心是一只美丽的小箱子

小时候上学,很惊奇以"心"为偏旁的字,怎么那么多?比如:"念、想、意、忘、慈、感、愁、恩、恶、慰、慧……"等等等等,哈!一个庞大的家族。

除了这些安然地卧在底下的"心"以外,还有更多迫不及待站着的"心"。这就是那些带"竖心"旁的字,比如:"忆、怀、快、怕、怪、恼、恨、惭、悄、惯、惜……"等等等等。原谅我就此打住,因为再举下去,实在有卖弄学问和抄字典的嫌疑。

从这些例证,可以想见当年老祖宗造字的时候,是多么重视"心"的作用,横着用了一番还嫌不过瘾,又把它立起来,再用一遭。

其实,从医学解剖的观点来看,心虽然极其重要,但它的主要工作,是负责把血液输送到人的全身,好像一台水泵,干的是机械方面的活,并不主管思维。汉字里把那么多情绪和智慧的感受,都堆到它身上,有点张冠李戴。

真正统率我们思想的,是大脑。人脑是一个很奇妙的器官。比如学者用"脑海"来描述它,就很有意思。一个脑壳才有多大?假若把它比成一个陶罐,至多装上三四个大"可乐"瓶子的水,也就满满当当了。如果是

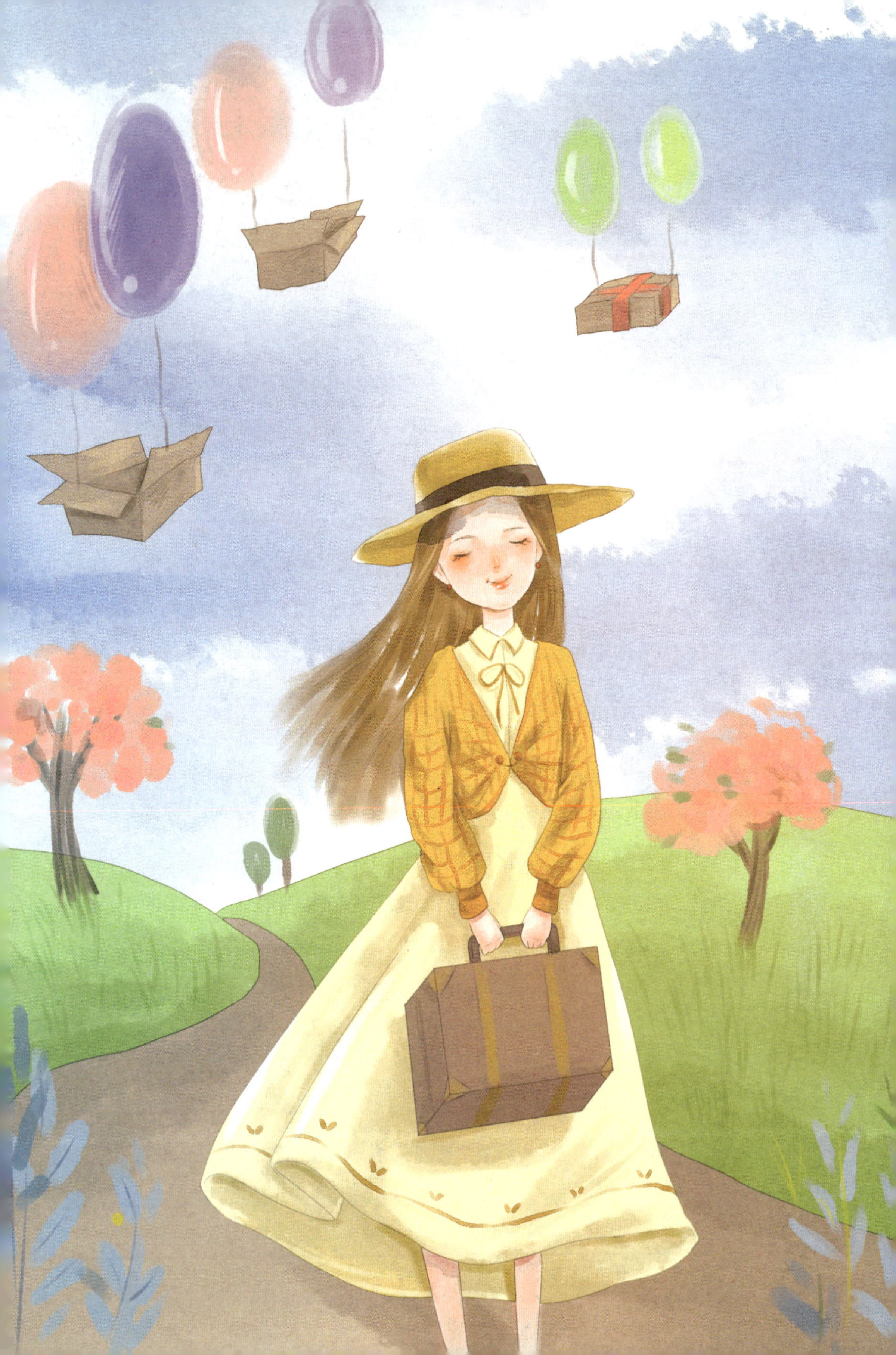

儿童，容量更有限，没准刚倒光几个易拉罐，就沿着罐子口溢出水来了。可是，不管是成人还是小孩的大脑，人们都把它形容成一个"海"，一个能容纳百川波涛汹涌的大海。这是为什么？

　　大脑是我们情感和智慧的大本营，它主宰着我们的思维和决策。它能记住许多东西，也能忘了许多东西。记住什么忘却什么，并不完全听从意志的指挥。比方明天老师要检查背诵默写一篇课文，你反复念了好多遍，就是记不住。就算好不容易记住了，到了课堂上一紧张，得，又忘得差不多了。你就是急得面红耳赤抓耳挠腮，也毫无办法。若是几个月后再问你，那更是云山雾罩一塌糊涂。可有些当时只是无意间看到听到的事情，比如路旁老奶奶一句夸奖的话，秋天庭院里一片飘落的叶子，当时的印象很清淡，却不知被谁施了魔法，能像刀刻斧劈一般，永远留在我们记忆的年轮上。

　　我不知道科学家最近研究出了哪些关于记忆和遗忘的规则，反正以前是个谜。依我的大胆猜测，谜底其实也不太复杂。主管记住什么忘记什么的中枢，听从的是情感的指令。我们天生愿意保存那些美好、善良、友谊、勇敢的事件，不爱记着那些丑恶、虚伪、背叛、怯懦的片段。当然，这并不是说人应该篡改真相，文过饰非虚情假意瞎编一气，只是想说明我们的心，好像一只美丽的小箱子，容量有限。当它储存物品的时候，经过了严格的挑选，把那些引起我们忧愁和苦闷的往事，甩在了外面，保留的是亲情和友情。

　　我衷心希望每个人的小箱子里，都装满光明和友爱。

自信第一课

1972年的一天,领导通知我速去乌鲁木齐报到,新疆军区军医学校在停顿若干年后这年第一次招生,只分给阿里军分区一个名额,首长经过研究讨论,决定让我去。

按理说,我听到这个消息应该喜出望外才是。且不说我能回到平地,吸足充分的氧气,让自己被紫外线晒成棕褐色的脸庞得到"休养生息",就是从学习的角度讲,在重男轻女的部队能够把这样宝贵的唯一的名额分到我头上,也是天大的恩惠了。但是在记忆中,我似乎对此无动于衷,也许是雪山缺氧把大脑纤维冻得迟钝了。我收拾起自己简单的行李,从雪山走下来,奔赴乌鲁木齐。

1969年,我从北京到西藏当兵,那种中心和边陲的、文明和旷野的、优裕和茹毛饮血的、高地和凹地的、温暖和酷寒的、五颜六色和纯白的……一系列剧烈反差,就在我的心底搅起了沧海桑田般的变化。面临死亡咫尺之遥,面对冰雪整整三年,我再也不是当初那个天真烂漫的城市女孩,内心已变得如同喜马拉雅山万古不化的寒冰般苍老。我不会为了什么事件的突发和变革的急剧而大喜大悲,只会淡然承受。

入学后，从基础课讲起，用的是第二军医大学的教材，教员由本校的老师和新疆军区总医院临床各科的主任、新疆医学院的教授担任。记得有一次，考临床病例的诊断和分析，要学员提出相应的治疗方案。那是一个不复杂的病案，大致的病情是由病毒引起重度上呼吸道感染，病人发烧流涕咳嗽、血象低，还伴有一些阳性体征。我提出方案的时候，除了采用常规的治疗外，还加用了抗菌素。

讲评的时候，执教的老先生说："凡是在治疗方案里使用了抗菌素的同学都要扣分。因为这是一个病毒感染的病例，抗菌素是无效的。如果使用了，一是浪费，二是造成抗药，三是无指征滥用，四是表明医生对自己的诊断不自信，一味追求保险系数……"老先生发了一通火，走了。

后来，我找到负责教务的老师，讲了课上的情况，对他说："我就是在方案中用了抗菌素的学员。我认为那位老先生的讲评有不完全的地方。我觉得冤枉。"

教务老师说："讲评的老先生是新疆最著名的医院的内科主任，是在解放前的帝国医科大学毕业的；在国民党的军队里做到很高的医官，他的医术在整个新疆是首屈一指的。把这老先生请来给你们讲课，校方已冒了很大的风险。他是权威，讲得很有道理。你有什么不服的呢？"

我说："我知道老先生很棒。但是具体问题要具体分析。他提出的这个病例并没有说出就诊所在的地理位置。比如要是在我的部队，在海拔5000米以上的高原，病员出现高烧等一系列症状，明知是病毒感染，一般的抗菌素无效，我也要大剂量使用。因为高原气候恶劣，病员的抵抗力大幅度下降，很可能合并细菌感染。如果到了临床上出现明确的感染征象时才开始使用抗菌素的话，那就晚了，来不及了。病员的生命已受到严重威胁……"

教务老师沉默不语。最后，他说："我可以把你的意见转告给老先生，但是，你的分数不能改。"

我说："分数并不重要。您听我讲完了看法，我已知足了。"

教室的门开了，校工闪了进来，搬进来一把木椅子摆在讲案旁，且侧放。我们知道，老先生又要来了。也许是年事已高，也许是习惯，总之，老先生讲课的时候是坐着的，而且要侧着坐，面孔永远不面向学生，只是对着有门或有窗的墙壁。不知道他这是积习，还是不屑于面对我们，或是有什么难言之隐。

这一次，老先生反常地站着。他满头白发，面容黢黑如铁，身板挺直如笔管，让我笃信了他曾是国民党医官一说。

老先生目光如锥，直视大家，音量不大，但在江南口音中运了力道，话语中就有种清晰的硬度了。他说："听说有人对我的讲评有意见，好像是一个叫毕淑敏的同学。这位同学，你能不能站起来，让我这个当老师的也认识你一下？"

我只有站起来。

老先生很注意地看了我一眼，说："好。毕淑敏，我认识你了，你可以坐下了。"

说实话，那几秒钟，真把我吓坏了。不过，有什么办法呢？说出的话就像注射到肌肉里的药水一样，你是没办法抠出来的。

全班寂静无声。

老先生说："毕淑敏，谢谢你。你是好学生，你讲得很好。你的话里有一部分不是从我这儿学到的，因为我还没有来得及教给你那么多。是的，作为一个好的医生，一定不能全搬书本，一定不能教条，要根据具体的情况决定治疗方案。在这一点上，你们要记住，无论多么好的老师，也不可能把所有的规则都教给你们。我没有去过毕叔敏所在的那个5000米高的阿里，但是我知道缺氧对人的影响。在那种情况下，她主张使用抗菌素是完全正确的。我要把她的分数改过来……"

我听到教室里响起一阵轻微的欢呼。因为写了抗菌素治疗的不仅我一个，很多同学为这一改正而欢欣。

老先生紧接着说："但在全班，我只改毕淑敏一个人的分数。你们有人和她写的一样，还是要被扣分。因为你们没有说出她那番道理，是知其然而不知其所以然。你现在再找我说也不管事了，即使你是冤枉的也不能改。因为就算你原来想到了，但对上级医生的错误没敢指出来。对年轻的医生来说，忠诚于病情和病人，比忠实于导师要重要得多。必要的时候，你宁可得罪你的上司，也万万不能得罪你的病人……"

这席话掷地有声。事过这么多年，我仍旧能够清晰地记得老先生如锥的目光和舒缓

但铿锵有力的语调。平心而论，他出的那道题目是要求给出在常规情形下的治疗方案，而我竟从某个特殊的地理环境出发，并苛求于他。对一个初出茅庐的年轻人的不全面的异议，老先生表现出虚怀若谷的气量和真正医生应有的磊落品格。

真的，那个分数对我来说完全不重要，重要的是我在此番高屋建瓴的话语中悟察到了一个优等医生的拳拳之心。

我甚至有时想，班上同学应该很感激我的挑战才对。因为没过多长时间，老先生就因为身体的关系不再给我们讲课了。如果不是我无意中创造了这个机会，我和同学们的人生就会残缺一段非常凝重宝贵的教诲。

我的三年习医生涯，在我的生命中是一个重大的转折。我从生理上明了了人体，也从精神上对自己有了更多的信任。我知道了我们的灵魂居住在怎样的一团组织之中，也知道了它们的寿命和限制。如果说在阿里的时候我对生命还是模模糊糊的敬畏，那么，教师的教诲使我确立了这样的观念：一生珍爱自身，并把他人的生命看得如珠似宝，全力保卫这宝贵而脆弱的珍品。

心是……

当我们预备讨论心事的时候，可能先要把"心"——到底"是"个什么东西想一想。记得我小时候第一次学到"心"这个字的时候，老师说，"心"是一把铁勺子，正在炒几颗豆。豆子会蹦啊，最后两颗豆子掉在了"心"外，只有一颗幸运豆留在了勺里。我至今感谢这位老师，把个"心"字说得这般诱人，不单使当初蒙昧的我，一下子就学会了写这个字，终身不曾忘记和写错它，而且常常忆起铁勺这个有趣的意象。

铁勺的容量是有限的，即使寺庙饥年施粥的善举中，铁锅霸气十足气势磅礴，勺子却依然普通，循规蹈矩地蜷缩着，状若一拳（勺子若大了，粥就不够喝了）。人们常常举一句文豪的名言，说人的心比海洋比天空还要博大，窃以为是指宏伟幽深的冥想时刻，并非随时随地的状态。在万千纷常的日子里，人心就是一把锈迹斑斑的铁勺。

因为有锈，所以要常常擦拭。我们的心会被各式各样含酸带碱的风雨浸淫，会被蛀出缝隙和生长阴霾。天气晴朗时，在阳光下晒晒心情，锈就会悄然遁去。美丽的大自然和相知的朋友，就是紫外线了。

每个人只有一把铁勺，每个人一生却要遭遇到很多豆子。勺子承载的分量是有限的，不可以在勺子里灌注太多的水。哪怕水是掺了蜜糖的，也要有节制。中医有句箴言，叫作"大喜伤心"，说的就是过量的伤害。为了尊重这把勺子，我们要仔细地甄别放入勺子里的物件的数量。空无一物的勺子令人伤感，不堪重负被挤爆了的勺子也是悲剧。

然而再精明的甄选，也还是有一些我们不喜欢的豆子进入勺子。那可怎么办呢？

有一个好法子，就是——炒。炒我们的心事，把它们加热，把它们晾晒，在这个过程中，翻来覆去地斟酌，你是保存勺子还是姑息豆子？为了勺子的安宁，你要立决。思考不但指时间和力量，同时标志着抽刀断水的杀伐。结果就是只留下那些最重要的豆子，而把其他的豆子扬出我们的视线。

这个程序想来是快乐的，其实却充满了艰难和痛苦，每一颗豆子都不是无缘无故进入铁勺的，它们必和情感与理智有着千丝万缕的枝蔓。甚至那些我们十分嫌恶的瘪豆子，被虫蛀过的病豆子，也在长久的摩挲和掂量中，融入了我们的体温，产生了割舍不下的惯性和依恋。然而，还是要"放下"，此刻需要的不仅是聪明，还有一往无前的勇敢了。

把废豆子驱逐出铁勺，心就宽敞了，铁勺恢复了洁净与轻盈。新的豆子仿佛新的客人，姗姗来临。对于你的心事，你可不要忘了甄选和款待。

珍惜愤怒

小时候看电影，虎门销烟的英雄林则徐在官邸里贴一条幅"制怒"。由此知道怒是一种凶恶而丑陋的东西，需要时时去制服它。

长大后当了医生，更视怒为健康的大敌。师传我，我授人：怒而伤肝，怒较之烟酒对人为害更烈。人怒时，可使心跳加快，血压升高，瞳孔散大，寒毛竖紧……一如人们猝然间遇到老虎时的反应。

愤怒与长寿，好像是一架跷跷板的两端，非此即彼。

人们渴望强健，人们于是憎恶愤怒。

我愿以我生命的一部分为代价，换取永远珍惜愤怒的权利。

愤怒是人的正常情感之一，没有愤怒的人生，是一种残缺。当你的尊严被践踏，当你的信仰被玷污，当你的家园被侵占，当你的亲人被残害，你难道不滋生出火焰一样的愤怒吗？当你面对丑恶面对污秽，面对人类品质中最阴暗的角落，面对黑夜里横行的鬼魅，你难道能压抑住喷薄而出的愤怒吗？！

愤怒是我们生活中的盐。当高度的物质文明像软绵绵的糖一样簇拥着我们的时候，现代人的意志像被泡酸了的牙一般软弱。小喜小悲缠绕着我们，我们便有了太多的忧郁。城市人的意志脱了钙，越来越少倒拔垂杨柳强硬似铁怒目金刚式的愤怒，越来越少见幽深似海水波不兴却孕育极大张力的愤怒。

没有愤怒的生活是一种悲哀。犹如跳跃的麋鹿丧失了迅速奔跑的能力，犹如敏捷的灵猫被剪掉胡须。当人对一切都无动于衷，当人首先戒掉了愤怒，随后再戒掉属于正常人的所有情感之后，人就在活着的时候走向了永恒——那就是死亡。

我常常冷静地观察他人的愤怒，我常常无情地剖析自己的愤怒，愤怒给我最深切的感受是真实，它赤裸而新鲜，仿佛那颗勃然跳动的心脏。

喜可以伪装，愁可以伪装，快乐可以加以粉饰，孤独忧郁能够掺进水分，唯有愤怒是十足成色的赤金。它是石与铁撞击那一瞬痛苦的火花，是以人的生命力为代价锻造出的双刃利剑。

喜更像是一种获得，一种他人的馈赠。愁则是一枚独自咀嚼的青橄榄，苦涩之外别有滋味。唯有愤怒，那是不计后果不顾代价无所顾忌的坦荡的付出。在你极度愤怒的刹那，犹如裂空而出横无际涯的闪电，赤裸裸地裸露了你最隐秘的内心。于是，你想认识一个人，你就去看他的愤怒吧！

愤怒出诗人，愤怒也出元帅，出伟人，出大师，愤怒驱动我们平平常常的人做出辉煌的业绩。只要不丧失理智，愤怒便充满活力。

愤怒是制不服的，犹如那些最优秀的野马，迄今没有任何骑手可以驾驭它们。愤怒是人生情感之河奔泻而下的壮丽瀑布，愤怒是人生命运之曲抑扬起伏的高亢音符。

珍惜愤怒，保持愤怒吧！愤怒可以使我们年轻。纵使在愤怒中猝然倒下，也是一种生命的壮美。

被老师读作文的时候

我小的时候,作文很好。主要是我爱写得与众不同。比如说老师出了个作文题,叫"一次谈话"。一般的同学写的都是自己做了一件错事,被爸爸妈妈或是其他的长辈批评了一顿,于是铭记在心等等。也有写同学之间闹了点小误会,一谈心就和解了的。这两种写法我都想到了,可我想写一次更奇妙的谈话。想啊想啊,我就设想通过电话同一位非洲的黑人小朋友谈话,谈他们的苦日子和我们的幸福生活。其实这个想法有很不合理的成分在内,一个当奴隶的黑孩子怎么会有电话呢?但当时是小学生的我,可想不到这么多,只顾按照自己的想象写下去。我们的语文老师是山东大学中文系毕业的,对我这些有漏洞也有一点新意的小作文,给了很好的评语。王老师不止一次给我的作文批过"5+"的分数,还经常在课堂上读我的作文。

被老师读作文的时候,心情像一颗怪味豆。最初当然是甜的了,哪个学生不愿意受到老师的夸奖?可慢慢的,咸味和涩味就涌上心头。

首先是我觉得自己写得很不好,应该写得更好一些。特别是老师那些表扬的话,仿佛椅子上堆满了图钉,叫人不敢坐踏实。

最主要的是下课以后,同学们的神气怪怪的。"哦——哦——老师又用时传祥掏粪的勺子刳（夸）毕淑敏啦！"那时候我们刚学过一篇掏粪工人的课文，在北方话里，刳与夸同音。全班同学好像结成了孤立我的统一战线，跳皮筋，两边都不要我。要知道平日里，因为我个子高，跳得又好，大伙都抢着跟我一拨呢！我和谁说话，她会装作没听见扭身走开，然后故意跟别的人大声说笑，一块儿边说边看着我。

在我幼小的心里，第一次懂得了什么叫孤独，什么叫被嫉妒。

这样的日子一般持续两三天，就会过去。一来是孩子们毕竟小，容易健忘。一来我那时是大队长，人缘挺好，大伙有事都爱找我。

作文每两周讲评一次，我便要经受一次精神的炼狱。怎么办呢？

我想到的第一个办法是：从此不要把作文写得那样好。我开始挺随意地写作文，随大流，平平淡淡。果然，王老师不再念我的范文，同学们也和我相亲相爱。正在我很得意的时候，王老师找我了。"你的作文退步了，是不是骄傲了？"我执犟地保持沉默。不是不愿意告诉老师原因，而是不知道怎么说。假如我说了，老师会在班上把同学们数落一顿，（她会的，她的脾气很急躁。）那我的处境就更糟了。

我讨厌打小报告、告密的人。

王老师苦口婆心地开导我半天。虽说不是对症下药，我还是受到了教育。我想不能这样下去，我不应该用学习赌气。

于是我又开始认认真真地写作文，争取每一篇都写得不同凡响。王老师是满意了，可同学们敌视的恶性循环又开始了。

就没有一个万全之策了吗？

我小小的脑筋动了又动，我发现同学们并不是讨厌我的作文。老师念它们的时候，大伙听得津津有味，不时还发出会意的笑声。同学们只是不

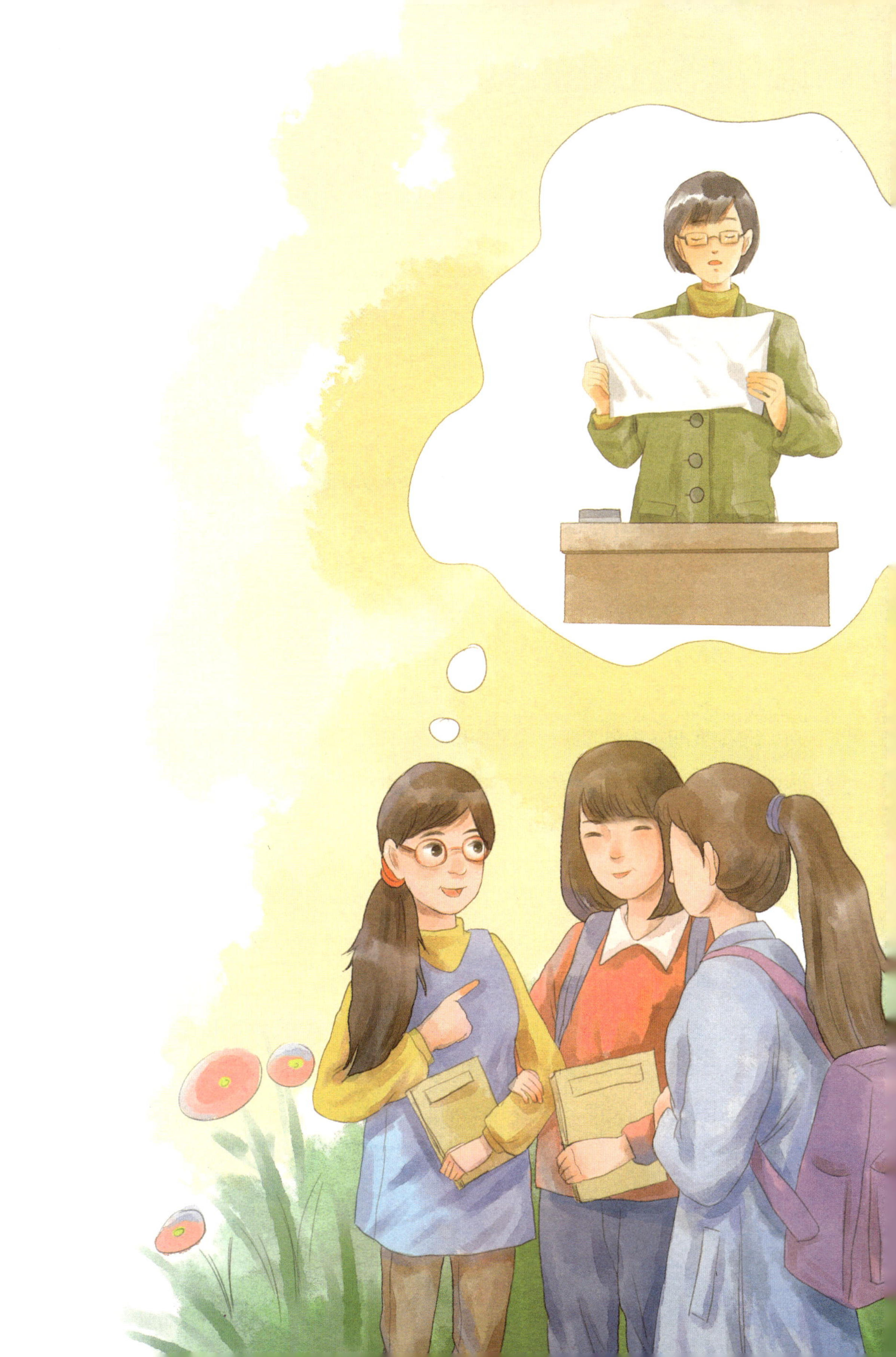

喜欢老师反反复复只提一个名字：毕淑敏。

在我年长以后，我知道在心理学上，这种情况叫作"压抑"。同学们为了宣泄自身的情绪，把不满的火焰转移到了我的身上。

我当时自然是不懂这些的。我只觉得自己按老师的要求好好学习，并没有得罪谁，为什么大家伙要和我过不去？

又要写好作文，又要和大家处好关系，小小的我好累！不行了。

我小心翼翼地说："王老师，我最近的作文有进步了吗？"

退回三十年，老师的威严比现在要强大得多。我的这个办法非得老师答应才成，因此心里发虚。"噢，你近来写得不错。今天下午我还要读你的作文。"王老师说。

"我有一个小小的请求……"我战战兢兢地说。

"什么事，你说好了。"王老师的眼睛明亮地注视着我。

"我想……您念我的作文的时候……是不是可以……不念我的名字……"我鼓足勇气说完蕴藏在心中许久的话。

"为什么？我当了这么多年的老师，还是第一次听到这种要求。你总不能让同学们觉得那是一篇无名氏写的东西吧？"王老师有些不耐烦了。

我知道王老师会这么说的，要说服她可不是一件容易的事。索性一不做二不休，我镇静下来，一板一眼地说："我觉得您读谁的作文，主要是看文章写得好不好。至于是谁写的，并不重要。不说名字，您让大伙讨论的时候，没人拘着面子，反倒更好说意见了。我也好给我自己的作文提不足之处……"

我说的都是实话。只是最重要的理由我没有说：我想为自己求一份心灵的安宁。

"你说得有一些道理。好吧,让我们下午试一试。"王老师沉吟着答应了。

那天下午的情形,一如我小小的心所预料的。同学们充满了好奇,发言比平日热烈得多。下课以后,我和大伙快活地跳皮筋。

"嗨!毕淑敏,今天念的范文是你写的吧?"有人问我。

"还能老是她写得好哇?我看今天一准是旁人写的。"有人这样说。

我一概只笑不回答。问得急了,我就说:"我猜像是你写的。"

从此以后,我的作文越写越好,和同学们也能友好睦邻。我至今不知道这算是少年人的机智还是一种早熟的狡猾。它养成了我勤奋不已而又淡泊名利的性格。

但长大以后,看到一则名人名言,"走自己的路,让人们说去吧。"我想那是一种更积极更勇敢的生活态度。

只是我小时候,就是听到了这句教导,也未必敢照着去做。因为我是太珍视同小朋友们无忧无虑跳皮筋的机会了。

流露你的真表情

学医的时候,老师问过一道题目:人和动物,在解剖上的最大区别是什么?

当学生的,争先恐后地发言,都想由自己说出那个正确的答案。这看起来并不是个很难的问题。

有人说,是站立行走。先生说,不对。大猩猩也是可以站立的。

有人说,是懂得用火。先生不悦道,我问的是生理上的区别,并不是进化上的异同。

更有同学答,是劳动创造了人。先生说,你在社会学上也许可以得满分,但请听清我的问题。

满室寂然。

先生见我们混沌不悟，自答道，记住，是表情啊。地球上没有任何一种生物，有人类这样丰富的表情肌。比如笑吧，一只再聪明的狗，也是不会笑的。人类的近亲猴子，勉强算作会笑，但只能做出龇牙咧嘴一种状态。只有人类，才可以调动面部的所有肌群，调整出不同规格的笑容，比如微笑，比如嘲笑，比如冷笑，比如狂笑，以表达自身复杂的情感。

我在惊讶中记住了先生的话，以为是至理名言。

近些年来，我开始怀疑先生教了我一条谬误。

乘坐飞机，起飞之前，每次都有航空小姐为我们演示一遍空中遭遇紧急情形时，如何打开氧气面罩的操作。我乘坐飞机凡数十次，每一次都凝神细察，但从未看清过具体步骤。小姐满面笑容地屹立前舱，脸上很真诚，手上却很敷衍，好像在做一种太极功夫，点到为止，全然顾及不到这种急救措施对乘客是怎样的性命攸关。我分明看到了她们脸上悬挂的笑容和冷淡的心的分离，升起一种被愚弄的感觉。

我有一位相识许久的女友，原是个敢怒敢恨敢涕泪滂沱敢笑逐颜开的性情中人。几年不见，不知在哪里读了专为淑女规范言行的著作，同我谈话的时候，身子仄仄地欠着，双膝款款地屈着，嘴角勾勒成一个精致的角度。粗一看，你以为她时时在微笑，细一看，你就琢磨不透她的真表情，心里不禁有些毛起来。你若在背后叫她，她是不会立刻回了脸来看你，而是端端地将身体转了过来，从容地瞄着你。说是骤然地回头，会使脖子上的肌肤提前老起来。

她是那样吝啬地使用她的表情，虽然她给你一个温馨的外壳，却没有丝毫的热度溢出来。我看着她，不由得想起儿时戴的大头娃娃面具。

遇到过一位哭哭啼啼的饭店服务员，说她一切按店方的要求去办，不想却被客人责难。那客人匆忙之中丢失了公文包，要她帮助寻找。客人焦急地述说着，她耐心地倾听着，正思谋着如何帮忙，客人竟勃然大怒了，吼着说我急得火烧眉毛，你竟然还在笑！你是在嘲笑我吗？！

我那一刻绝没有笑。服务员指天咒地对我说。

看她的眼神，我相信是真话。

那么，你当时做了怎样一个表情呢？我问。恍恍惚惚探到了一点头绪。

喏，我就是这样的……她侧过脸，把那刻的表情模拟给我。

那是一个职业女性训练有素的程式化的面庞，眉梢扬着，嘴角翘着……

无论我多么地同情于她，我还是要说——这是一张空洞漠然的笑脸。服务员的脸已经被长期的工作，塑造成她自己也不能控制的形状。表情肌不再表达人类的感情了。或者说，它们只表达一种感情，这就是微笑。

我们的生活中曾经排斥微笑，关于那个时代，我们已经做了结论。于是我们呼吁微笑，引进微笑，培育微笑，微笑就泛滥起来。银屏上著名和不著名的男女主持人无时无刻不在微笑，以至于使人不得不疑问——我们的生活中真有那么多值得微笑的事情吗？

微笑变得越来越商业化了。他对你微笑，并不表明他的善意，微笑只是金钱的等价物。他对你微笑，并不表明他的诚恳，微笑只是恶战的前奏。他对你微笑，并不说明他想帮助你，微笑只是一种谋略。他对你微笑，并不证明他对你的友谊，微笑只是麻痹你警惕的一重帐幕……

这样的事，见得太多之后，竟对微笑的本质怀疑起来。

亿万年的进化，我们的身体本身就成了一本书。

人的眉毛为什么要如此飞扬，轻松地直抵鬓角？那是因为此刻为鏖战的间隙，我们不必紧皱眉头思考，精神豁然舒展。

人的提上睑肌为什么要如此松弛，使眼裂缩小，眼神迷离，目光不再聚焦？那是因为面对朋友，可以放松警惕敞开心扉，懈怠自己紧张的神经，不必目光炯炯。

人的口角为什么上挑，不再抿成森然的一线？那是因为随时准备开启双唇，倾吐热情的话语，饮下甘甜的琼浆。

因为快乐和友情，从猿到人，演变出了美妙动人的微笑，这是人类无与伦比的财富。笑容像一只模型，把我们脸上的肌肉像羊群一般驯化了，让它们按照微笑的规则排列着，随时以备我们心情的调遣。

假若不是服从心情的安排，只是表情肌机械的动作，那无异噩梦中腿肚子的抽筋，除了遗留久久的酸痛，与快乐是毫无关联的。

记得小时候读过大文豪雨果的《笑面人》。一个苦孩子被施了刑法，脸被固定成狂笑的模样。他痛苦不堪，因为他的任何表情，都只能使脸上狂笑的表情更为惨烈。

无时无刻不在笑——这是一种刑法。它使"笑"——这种人类最美丽最优秀的表情，蜕化为一种酷刑。

现代自然是没有这种刑法了。但如果不表达自己的心愿，只是一味地微笑着，微笑像画皮一样粘附在我们的脸庞上，像破旧的门帘沉重地垂挂着，完全失掉了真诚善良的原始含义，那岂不是人类进化的大退步，大哀痛！

人类的表情肌，除了表达笑容，还用以表达愤怒、悲哀、思索、惆怅以至绝望。它就像天空中的七色彩虹，相辅相成。所有的表情都是完整的人生所必需的，是生命的元素。

我们既然具备了流泪本能，哀伤的时候，就听凭那些满含盐分的浊水淌出体外。血管贲张，目眦俱裂，不论是为红颜还是为功名，未必不是人生的大境界。额头没有一丝皱纹的美人，只怕血管里流动的都是冰。表情是心情的档案啊，如果永远只是一页空白的笑容，谁还愿把最重要的记录留在上面？

当然，我绝不是主张人人横眉冷对。经过漫长的隧道，我们终于笑起来了，这是一个大进步。但笑也是分阶段，也是有层次的。空洞而浅薄的笑，如同盲目的恨和无缘无故的悲哀一样，都是情感的赝品。

有一句话叫作"笑比哭好"，我常常怀疑它的确切。笑和哭都是人类的正常情绪反应，谁能说黛玉临终时的笑比哭好呢？

痛则大悲，喜则大笑，只要是从心底流出的对世界的真情感，都是生命之壁的摩崖石刻，经得起岁月风雨的推敲，值得我们久久珍爱。

谈怕

"怕"好像历来是个贬义词。怕什么？别怕！天不要怕，地不要怕……好像不怕才是人生的大境界。

其实人的一生总要怕点什么，这就是中国古代说的"相克"。金木水火土，都是有所怕的东西。要是不相克，也就没有了相生，宇宙不就乱了套？

人小的时候，怕父母。俗话说衣食父母，我的理解就是衣食来自父母。要是父母火了，不给你吃，不给你穿，你就丧失了基本的生存条件，饥寒交迫地活不下去了，还谈什么别的？所以父母叫你上学你就得上学，叫你成绩好你就得努力。要是一个人从小对慈爱他的父母没有畏惧之心（不是害怕他们本人，而是怕惹他们生气），没有讨他们欢喜之心，那这个人长大了，多半要成为不法之徒。

渐渐大起来，就怕老师，怕上级，怕官怕权……总之是怕比自己更有力量的人。我想这不单是一种懦弱，而是弱小动物生存的本能。想我们人类的祖先，不过是些猴子，虽说脑子还算得上机敏，体力实属一般。在漫长的动物排行榜上，只能列在中档靠下的位置。假若什么都不怕，早就被老虎狮子大蟒蛇饕餮了。所以"怕"是一种集体无意识，怕是正常的，不怕却是需要锻炼的事。

怕是一件有理的事，每个人都生活在立体空间，上下左右都有掣肘。人上有人，天外有天，总有东西笼罩在你的脑瓜顶。你可以完全不考虑下情，也可以咬着牙不理睬左邻右舍，但你得"惧上"，否则你的位置就保不住了。所以那个无所不在、无所不能的领袖叫作"上帝"。

人须怕法，那是众人行事的准则。人还须怕天，那是自然界运行的规律。怕是一个大的框架，在这个范畴里，我们可以自由活动。假如突破了它的边缘，就成了无法无天之徒，那是人类的废品。

人有最终的一怕，就是死。因为死去的人都不曾回来告诉我们那边的情形，所以我们并不确切地知道死亡是怎样一回事，我们只是盲目地怕着，我们怕的实际是一种未知的状态。人们怕死，很大的一部分是怕痛。要说死其实一点也不痛，就像在沙滩上晒太阳，暖烘烘地就过去了，怕的人一定少得多。再有怕也是怕比的，假如你活得苦不堪言，所有的感官都用来感受痛苦，在怕活和怕死之间，自然也两怕相权取其轻了。因此那极怕死之人，多是很富贵很安逸很猖獗很凌驾一切的显赫。不信你看历代的皇帝，都孜孜不倦地追寻长生不老的仙丹。

女人还有一怕，就是怕老。所以各色美容护肤的佳品层出不穷，种种秘不传人的方子被奉若神明。这一怕的核心是怕时间。世上有许多东西是可以对抗的，唯有时间你不可战胜。可怜女人的这个与生俱来的恐惧，注定无法消除。没有哪一种胭脂可以涂抹时间，女人只好永远地怕下去，除非你不在意衰老。

怕虽有理，却并非总是有利。怕的直接决策是躲，但躲不过的时候，就只有迎头而上。古人们所有教诲我们不要怕的语录，就发生在这一时刻。

民不畏死，何以惧之？将对最大的未知的恐惧置之度外，所有已知的苦难都不在话下，这个人的战斗力实不可低估。

但不怕死的人，也仍有一怕，那就是怕自己。死和你作对，只有一次。自己要和你作对，会有无数次的机会。胜利的时候，它会让你骄傲。失败的时候，它诱你气馁。贫困的时候，它指使你堕落。饱暖的时候，它敦促你放荡……自己的实质是欲望。欲望使我们勇敢，欲望也使我们迷失。

人生的发展，一是因为爱好，一是因为惧怕。前者，比如音乐，它并没有更实际的用途，而只是使我们愉悦。那些更实用的发明创造，基本上缘于"怕"。因为害怕冷，人们发明了衣服、房屋、火炉；因为害怕热，人们发明了扇子、草帽、空调；因为害怕走路，人们发明了汽车、火车、飞机；因为害怕病痛，人们发明了中药西药 X 光 B 超；因为害怕地球的孤独，人们向茫茫宇宙进行探索；因为害怕自身的衰退，人们不断高扬精神的旗帜……害怕实在是人类文明进步的助产婆。今后谁知道因了害怕，人类还将诞育多少温馨的婴儿，人类还将补充多少伟大的发明！

我们每个人的心里，都有一个害怕的场。这个场，不要太大，那会使我们畏畏葸葸，就太委屈了自己的岁月。这个场，也不可太小，太小了就容易人在边缘，演出不该上演的节目。它需不大也不小，够我们驰骋如烟的想象，够我们度过无悔的人生。

忍受快乐

这个提法，好像有点不伦不类。快乐啊，好事嘛，干吗还要用忍受这个词？习惯里，忍受通常是和痛苦、饥寒交迫、水深火热联系在一起的。

忍受是什么呢？是一种咬紧嘴唇苦苦坚持的窘迫，是一种打落牙齿和血吞下的痛楚，是一种巴望减弱祈祷消散的呻吟，是一种狭路相逢听天由命的无奈。

如果是忍受灾害，似乎顺理成章。忍受快乐，岂不大谬？天下会有这种人？人们惊愕着，以为这是恶意的玩笑和粗浅的误会。

环顾四周，其实不欢迎快乐的人比比皆是。不信，你睁大了眼睛，仔细观察一下当快乐不期而至的时候，大多数人们的惊慌失措吧。

最具特征的表现是：对快乐视而不见。在这些人的心底，始终有一股冷硬的声音在回响——你不配拥有……这是过眼烟云……好景终将飘逝……此刻是幻觉……人生绝非如此……啊！我太不习惯了，让这种情形快快过去吧……我们姑且称这种心绪为——快乐焦虑症。

这奇怪的病症是怎样罹患的？

许多年前，我从雪域西藏回北京探家，在车轮上度过了20天时光。最终到家，结束颠沛流离之后，很有几天的时间，我无法适应凝然不动的大地。当我的双脚结结实实地踩在土地上的时候，感觉怪诞和恐慌。我焦灼不安地认为，只有那种不断晃动和起伏的颠簸，才是正常的。

你看，经历就是这么轻易地塑造一个人的感受和经验。当我们与快乐隔绝太久，当我们在凄苦中沉溺太深的时候，我们往往在快乐面前一派茫然。这种陌生的感觉，本能地令我们拒绝和抵抗。当我们把病态看成了常态时，常态就成了洪水猛兽。

一些人，对快乐十分隔膜。他们习惯于打拼和搏斗，竟不识天真无邪的快乐为何物。他们对这种美好的感觉，是那样骇然和莫名其妙，他们祷告它快快过去吧，还是沉浸在争执的漩涡中更为习惯和安然。

还有一些人，顽固地认为自己注定不会快乐。他们从幼年起，就习惯了悲哀和苦痛。他们不容快乐的现实来打扰自己，不能胜任快乐的重量和体积。他们更习惯了叹息和哀怨，甚至发展到只有在凄惨灰色的氛围里，才有变态的安全感。那实际上是一种深深的忧虑造成的麻痹和衰败，他们丧失了宁静地承接快乐的本能。他们甚至执拗地蒙起双眼，当快乐降临的时候，不惜将快乐拒之门外。他们已经从快乐焦虑症发展到了快乐恐惧症。当快乐敲门的时候，他们会像寒战一般抖起来。当快乐失望地远去之后，他们重新坠入喑哑的泥潭中，熟悉地昏睡了。

常常有人振振有词地说，我不接受快乐，是因为我不想太顺利了。那样必有灾祸。

此为不善于享受快乐的经典论调之一。快乐就是快乐，它并不是灾祸的近亲，和灾祸有什么血缘的关系。快乐并不是和冲昏头脑想入非非必然相连。灾祸的发生自有它的轨迹，和快乐分属不同的子目录。中国有句古话，叫作乐极生悲。我相信世上一定有这种偶合，在快乐之后，紧跟着就降临了灾难。但我要说，那并不是快乐引来的厄运，而是灾难发展到了浮出海面的阶段。灾难的力量在许多因素的孕育下，自身已然强大。越是在这种情形下，我们越是要珍惜快乐，因为它的珍贵和短暂。只有充分地享受快乐，我们才有战胜灾难的动力和勇气。

许多人缺乏忍受快乐的容量，怕自己因为享受了快乐，而触怒了什么神秘的力量，怕受到天谴，怕因为快乐而导致了自己的毁灭。

快乐本身是温暖和适意的，是欢畅和光亮的，是柔润和清澈的，同时也是激烈和富有冲击力的。

由于种种幼年和成年的遭遇，有人丢失了承接快乐的铜盘，双手掬起的只是泪水。这不是他们的过错，但是他们永久的悲哀。他们不敢享受快乐，他们只能忍受。当快乐来临的时候，他们手足无措，举止慌张。甚至以为一定是快乐敲错了门，应该到邻居家去串门的，不知怎么搞错了地址。快乐美丽的笑脸把他们吓坏了。他们在快乐面前，感到大不自在，赶紧背过身去。快乐就寂寞地遁去。

快乐是一种心灵自在安详的舞蹈，快乐是给人以爱自己也同时享有爱的欢愉的沐浴，快乐是身心的舒适和松弛，快乐是一种和谐和宁静。

当我们奔波颠簸跳荡狂躁得太久之后，我们无法忍受突然间的安稳和寂静。我们在无边无际的喧闹中，遗失了最初的感动，我们已忘怀大自然的包容和涵养。我们便不再快乐。

很多人不敢接受快乐的原因，是觉得自己不配快乐。这真是一个奇怪的逻辑。快乐是属于谁的呢？难道不是像我们的手指和眉毛一样，是属于我们自身的吗？为什么让快乐像一个无人认领的孤儿，在路口徘徊？

人是有权快乐的。甚至可以说，人就是为了享受心灵的快乐，才努力和奋斗，才与人交往和发展。如果这一切只是为了增加苦难，我们还有什么理由为此奋斗不息？

人是可以独自快乐的，因为人的感觉不相通。既然没有人能代替我们切肤之痛的苦恼，也就没有人能指责我们的独自快乐。不要以为快乐是自私的，当我们快乐的时候，我们就播种快乐的种子。我们把快乐传染给周围的人，我们善待周围的世界，这又怎么能说快乐是自私的呢？

当我们不接纳快乐的时候，我们实际上是不尊重自己，不相信自己，不给自己留下美好驰骋和精神升腾的空间。

快乐是一种无拘无束的展翅翱翔，快乐是一种淋漓尽致的挥洒泼墨，快乐是一种两情相依，快乐是一种生死无言。

对于快乐，如同对待一片丰美的草地，不要忍受，要享受。享受快乐，就是享受人生。如果快乐不享受，难道要我们享受苦难？即便苦难过后，给我们留下经验的贝壳，当苦难翻卷着白色的泡沫的时候，也是凶残和咆哮的。

快乐是我们人生得以有所附丽的红枫叶。快乐是羁绊生命之旅的坚韧缰绳。当快乐袭来的时候，让我们欢叫，让我们低吟，让我们用灵魂的相机摄下这些瞬间，让我们颔首微笑地分享它悠远的香气吧。

忍受快乐，是一种怯懦。享受快乐，是一种学习。

人生的第二志愿

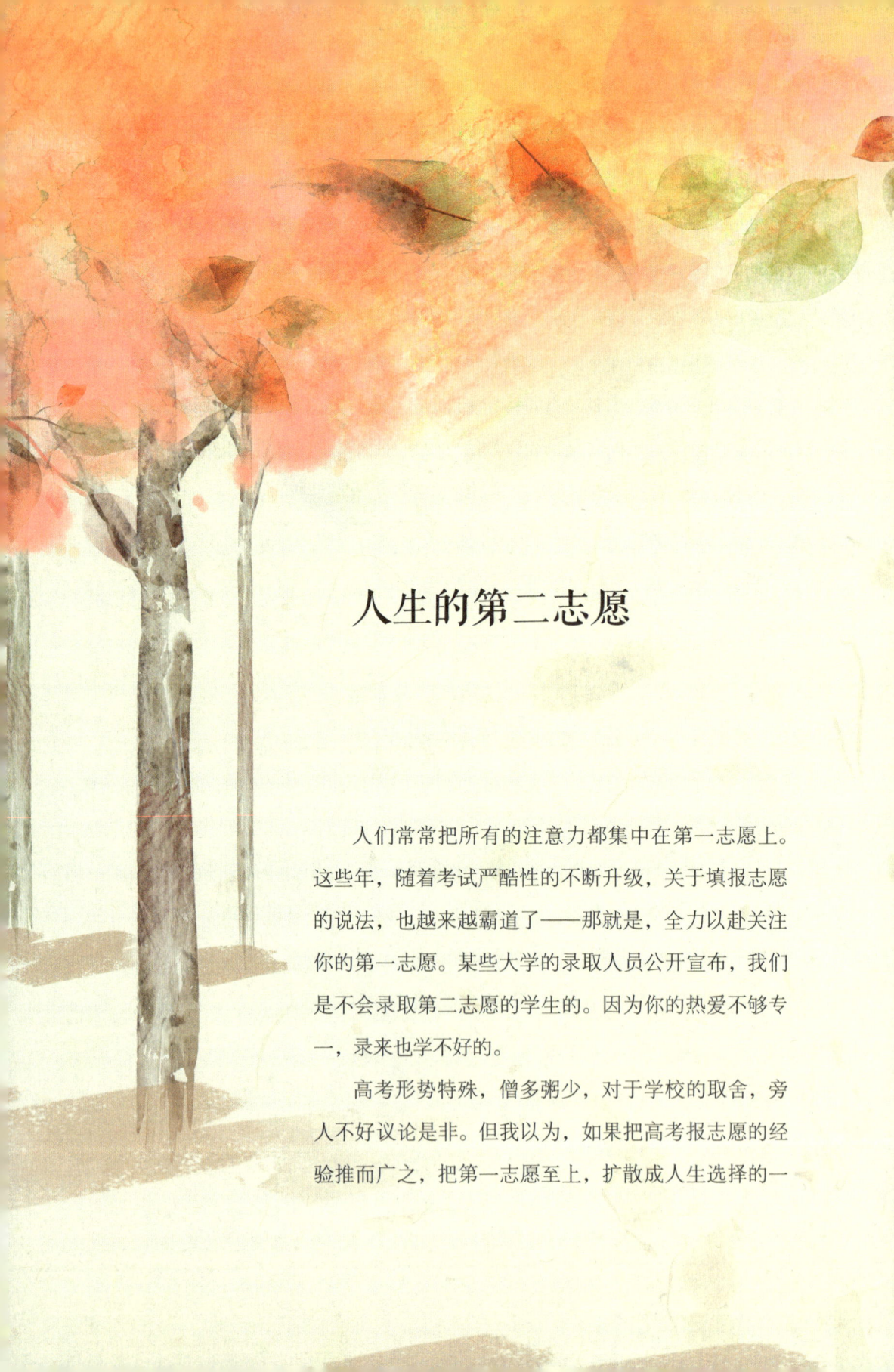

人们常常把所有的注意力都集中在第一志愿上。这些年,随着考试严酷性的不断升级,关于填报志愿的说法,也越来越霸道了——那就是,全力以赴关注你的第一志愿。某些大学的录取人员公开宣布,我们是不会录取第二志愿的学生的。因为你的热爱不够专一,录来也学不好的。

高考形势特殊,僧多粥少,对于学校的取舍,旁人不好议论是非。但我以为,如果把高考报志愿的经验推而广之,把第一志愿至上,扩散成人生选择的一大信条，就有商榷的必要了。

人生的选择绝少是唯一的。

听一位美国心理学家讲座，谈到男女青年挑选恋爱对象时，他说，如果你在读大学的时候，一眼扫去，本班级上的异性，有三分之一以上可以成为你的配偶候选人，那么……

讲到这里，说是悬念也好，说是征询民意也好，他成心留出一个长长的停顿，用苍蓝色的眼珠扫视全场。台下发出汹涌的低语声，均说："那他就是一个神经病！"

异国的心理学家抖抖肩膀说："喏！那他或她，就是一个心理健康的人。"这观点有点好玩，也有点耸人听闻，是不是？当然，他指的寻找伴侣，是在大学校园内，智商和背景有大的相仿，并不能波及到整个社会，说某个男人觉得与世上三分之一的女人都可成眷属，才属正常。

但这一论点也可以说明，既然结为夫妻这样严重的问题，都不妨有一手或是几手打算，那么，在其他场合的选择，当有更大的弹性。

当孤注一掷地把自己的命运押在某个"唯一"头上的时候，我们实际上处于自我封闭和焦灼无序的状态。内心流淌的是自卑和虚弱。以为只有这狭窄的途径，才是抵达目的地的独木桥，无法设想在另外的情形下，还有道路尚可通行。某些人的信念虽执着但脆弱，难以容忍自己的不成功。由于太惧怕失败的阴影了，拒绝想象除胜利以外，事态还同时存有1000种以上暗淡的可能。他们能够采取的自卫措施，就是放下眼帘。以为只要不去想，不良的结果就可能像鬼魅，只能在暗夜中游走，不会真的在太阳下现身。

于是每当选择的关头，我们可以看到那么多鸵鸟似的奋不顾身，色厉内荏地跑跳着。到了没有退路的时候，就把小小的脑袋埋入沙丘。他们并不仅仅骗别人，首先的和更重要的，是用这种虚张的气势，为自己打气加力。他们拒不考虑第二志愿，觉着给自己留了退路，就是懦夫和逃兵。甚至以为那是一个不祥的兆头，好像夜啼的猫头鹰，早早赶走方平安。他们竭力不去前瞻那潜伏着的败笔和危险，好像不带粮草就杀入沙漠的孤军。即使为了应付局面多做准备，也是马马虎虎潦潦草草，虚与委蛇地写下第二、第三志愿……不走脑子，秋水无痕。不敢一针见血地问自己，假若第一志愿失守，能否依旧从容微笑？

可惜世上的事情，不如愿者十八九。当冰冷的结局出现时，很多人就像遇到雪崩的攀援者，一堕千丈。

此刻，你以前不经意间随手填写的第二志愿，就像保险绳一样，在你下坠的过程中，有力地拽住了你，还你一方风景。

惊魂未定的你，此时心中百感交集。被第一志愿抛弃的巨大失落，使百骸俱软，无暇顾及和珍视第二志愿的援手。你垂头丧气地望着崖下，第一志愿的游魂还在碎石中闪着虚光。有人恨不能纵身一跳，以七尺之躯殉了那未竟的理想。即便被亲人和世俗的利害，劝得暂且委曲求全，那心中的苦郁悲凉，也经久不散。

第二志愿如同灰姑娘，龟缩在角落里，打扫尘埃，收拾残局，等待那不知何日才能莅临的金马车。

其实人的才能是多方面的，守节般地效忠第一志愿，愚蠢不说，更是浪费。候鸟是在不断的迁徙当中，寻找自己的最佳栖息地，并在长途艰苦的跋涉中，锻炼了羽翼。在屋檐下盘旋的鸟，除了麻雀，还能想出谁？

寻找第二志愿的过程，实质上是对自己的一次再发现。除了那最突出最显著的特点之外，我还有什么优长之处？第一志愿和第二志愿之间，可否像两位相得益彰的前锋，交互支援？我还有哪些潜藏着的特质，有待发掘和培养？平日疏忽的爱好，也许可在失落中渐渐显影？

第二志愿的考虑和填写，也许比第一志愿更取舍艰难。惟妙惟肖地预想失败，直面败后的残局和补救的措施，决非乐事，但却必需。尝试着在出征前就布置退却和迂回的路线，并在这种惨淡经营的设计当中，规划自己再一次崛起的蓝图，是一种经验，更是勇气。

也许是因为骇怕面对这种挫折的演习，有人惊鸿一瞥般地拟下第二志愿，并不曾经历大脑深远的思考。他们以为这是勇往直前背水一战的魄力，殊不知暴露的只是自己乏于紧韧和气血两虚。

不可搪塞第二志愿。它依旧是人生重要的选择，是你面对逆境的备份文件。它是进可以攻退可以守的支撑点，它是无惧无悔的屏障，它是一个终结和起跑的双重底线。

或许有人以为，有了第二志愿第三志愿……人就易颓败，多疏乐。这是一个谬论。亡命之徒不可取，它使人铤而走险，一旦失利，便是绝望与死寂。不妨想想杂技演员。有了保险绳的时候，他们的表演会无后顾之忧，更精妙绝伦。

在填写第一志愿的时候，把其后的每一份志愿也都认真地考虑，这是人生不屈不挠的法门之一。

每天都冒一点险

"衰老很重要的标志,就是求稳怕变。所以,你想保持年轻吗?你希望自己有活力吗?你期待着清晨能在对新生活的憧憬中醒来吗?有一个好办法啊——每天都冒一点险"。

以上这段话,见于一本国外的心理学小册子。像给某种青春大力丸做广告。本待一笑了之,但结尾的那句话吸引了我——每天都冒一点险。

"险"有灾难狠毒之意。如果把它比成一种处境一种状态,你说是现代人碰到它的时候多呢,还是古代甚至原始时代碰到它的多呢?粗粗一想,好像是古代多吧?茹毛饮血刀耕火种的,危机四伏。细一想,不一定。那时的险多属自然灾害,虽然凶残,但比较单纯。现代了,天然险这种东西,也跟热带雨林似的,快速稀少,人工险增多,险种也丰富多了。以前可能被老虎毒蛇害掉,如今是坠机车祸失业污染所伤。以前是躲避危险,现代人多了越是艰险越向前的嗜好。住在城市里,反倒因为无险可冒而焦虑不安。一些商家,就制出"险"来售卖,明码标价。比如"蹦极"这事,实在挺惊险的,要花不少钱,算高消费了。且不是人人享用得了的,像我等体重超标,一旦那绳索不够结实,就不是冒一点险,而是从此再也用不着冒险了。

穷人的险多呢还是富人的险多呢？粗一想，肯定是穷人的险多，爬高上低烟熏火燎的，恶劣的工作多是穷人在操作，就是明证。但富人钱多了，去买险来冒，比如投资或是赌博，输了跳楼饮弹，也扩大了风险的范畴。就不好说谁的险更多一些了。看来，险可以分大小，却是不宜分穷富的。

险是不是可以分好坏呢？什么是好的冒险呢？带来客观的利益吗？对人类的发展有潜在的好处吗？坏的冒险又是什么呢？损人利己夺命天涯？

嗨！说远了。我等凡人，还是回归到普通的日常小险上来吧。

每天都冒一点险，让人不由自主地兴奋和跃跃欲试，有一种新鲜的挑战性。我给自己立下的冒险范畴是：以前没干过的事，试一试。当然了，以不犯法为前提。以前没吃过的东西尝一尝，条件是不能太贵，且非国家保护动物。（有点自作多情。不出大价钱，吃到的定是平常物。）

即有蠢蠢欲动之感。可惜因眼下在北师大读书，冒险的半径范围较有限。清晨等车时，悲哀地想到，"险"像金戒指，招摇而糜费。比如到西藏，可算是大众认可的冒险之举，走一趟，费用可观。又一想，早年我去那儿，一文没花，还给每月6元的津贴，因是女兵，还外加7角5分钱的卫生费。真是占了大便宜。

车来了。在车门下挤得东倒西歪之时，突然想起另一路公共汽车，也可转乘到校，只是我从来不曾试过这种走法，今天就冒一次险吧。于是拧身退出，放弃这路车，换了一趟新路线。七绕八拐，挤得更甚，费时更多，气喘吁吁地在差一分钟就迟到的当儿，撞进了教室。

不悔。改变让我有了口渴般的紧迫感。一路连颠带跑的，心跳增速，碰了人不停地说对不起，嘴巴也多张合了若干次。

今天的冒险任务算是完成了。变换上学的路线，是一种物美价廉的冒险方式，但我决定仅用这一次，原因是无趣。

第二天冒险生涯的尝试是在饭桌上。平常三五同学合伙吃午饭，AA 制，各点一菜，盘子们汇聚一堂，其乐融融。我通常点鱼香肉丝辣子鸡丁类，被同学们讥为"全中国的乡镇干部都是这种吃法"。这天凭着巧舌如簧的菜单，要了一盘"柳芽迎春"，端上来一看，是柳树叶炒鸡蛋。叶脉宽的如同观音净瓶里洒水的树枝，还叫柳芽，真够谦虚了。好在碟中绿黄杂糅，略带苦气，味道尚好。

第三天的冒险颇费思索。最后决定穿一件宝石蓝色的连衣裙去上课。要说这算什么冒险啊，也不是樱桃红或是帝王黄色，蓝色老少咸宜，有什

么穿不出去的？怕的是这连衣裙有一条黑色的领带，好似起锚的水兵。衣服是朋友所送，始终不敢穿的症结正因领带。它是活扣，可以解下。为了实践冒险计划，铆足了勇气，我打着领带去远航。浑身的不自在啊，好像满街筒子的人都在端详议论。仿佛在说：这位大妈是不是有毛病啊，把礼仪小姐的职业装穿出来了？极想躲进路边公厕，一把揪下领带，然后气定神闲地走出来。为了自己的冒险计划，咬着牙坚持了下来。走进教室的时候，同学友好地喝彩，老师说，哦，毕淑敏，这是我自认识你以来，你穿的最美丽的一件衣裳。

三天过后，检点冒险生涯，感觉自己的胆子比以往大了一点。有很多的束缚，不在他人手里，而在自己心中。别人看来微不足道的一件事，在本人，也许已构成了茧鞘般的裹挟。突破是一个过程，首先经历心智的拘禁，继之是行动的惶惑，最后是成功的喜悦。

教养的证据

教养是个高频词。时下，如果说某人没教养，就是大批评大贬义了。如果说一个女人没教养，简直就如同说她是三陪小姐了。

什么叫教养呢？辞典上说是"文化和品德的修养"，但我更愿意理解为"因教育而养成的优良品质和习惯"。

一个人可以受过教育，但他依然是没有教养的。就像一个人可以不停地吃东西，但他的肠胃不吸收，竹篮打水一场空，还是骨瘦如柴。不过这话似乎不能反过来说——一个人没有受过系统的教育，他却能够很有教养。

教养不是天生的。一个小孩子如果没有人教给他良好的习惯和有关的知识，他必定是愚昧和粗浅的。当然，这个"教"是广义的，除了指人学经师，也包括家长的言传身教和环境的耳濡目染。

教养和财富一样，是需要证据的。你说你有钱不成，得拿出一个资产证明。教养的证据不是你读过多少书，家庭背景如何显赫，也不是你通晓多少礼节规范，能够熟练使用刀叉会穿晚礼服……这些仅仅是一些表面的气泡，最关键的证据可能有如下若干。

热爱大自然。把它列为有教养的证据之首，是因为一个不懂得敬畏大自然，不知道人类渺小的人，必是井底之蛙，与教养谬之千里。这也许怪不得他，因为如果不经教育，一个人是很难自发地懂得宇宙之大和人类的微薄的。没有相应的自然科学知识，人除了显得蒙昧和狭隘以外，注定也是盲目傲慢的。之所以从小就教育孩子要爱护花草，正是这种伟大感悟的最基本的训练。若是看到一个成人野蛮地攀折林木，通常人们就会毫不迟疑地评判道——这个人太没有教养了。可见教养和绿色是紧密地联系在一起。懂得与自然协调地相处，懂得爱护无言的植物的人，推而广之，他多半也可能会爱惜更多的动物，爱护自己的同类。

一个有教养的人，应该能够自如地运用公共的语言，表达自己的内心并同他人交流，并能妥帖地付诸文字。我所说的公共语言，是指大家——从普通民众到知识分子都能理解的清洁和明亮的语言，而不是某种狭窄的土语俚语或者某特定情境下的专业语言。这个要求并非画蛇添足，在这个千帆竞发的时代，太多的人，只会说他那个行业的内部语言，只会说机器仪器能听懂的语言，却不懂得和人亲密地交流。这不是一个批评，而是一个事实。和人的交流的掌握，特别是和陌生人的沟通，通常不是自发产生的，是要通过学习和练习来获得的。一个没有受过教育的人，他所掌握的词汇是有限和贫乏的，除了描绘自己的生理感受，比如饿了、渴了、睡觉以及生殖的欲望之外，他们对于自己的内心感知甚为模糊，因为那些描述内心感受的词汇，通常是抽象和长于比兴的。不通过学习，难以明确恰当地将它表达出来。那些虽然拥有一技之长，但无法精彩地运用公共语言这种神圣的媒介，来沟通和解读自我心灵的人，难以算是一个有教养的人。技术是用来谋生的，而仅仅具有谋生的本领是不够的。就像豺狼也会自发地猎取食物一样，那是近乎无需教育也可掌握的本能。而人，毫无疑问地应比豺狼更高一筹。

　　一个有教养的人，对历史有恰如其分的了解，知道生而为人，我们走过了怎样曲折的道路。当然，教养并不能使每个人都像历史学家那样博古通今，但是教养却能使一个有思考爱好的人，知晓我们是从哪里来，要到哪里去。教养通过历史，使我们不单活在此时此刻，也活在从前和以后，如同生活在一条奔腾的大河里，知道泉眼和海洋的方向。

　　一个有教养的人，除了眼前的事物和得失以外，他还会不由自主地想到他远大的目标。教养把人的注意力拓展了，变得宏大和光明。每一个个体都有沉没在黑暗峡谷的时刻，当你跋涉和攀援中，虽然伤痕累累，因为你具有的教养，确知时间是流动的，明了暂时与永久。相信在遥远的地方，定有峡谷的出口，那里有瀑布在轰鸣。

　　一个有教养的人，特别是女人，对自己的身体，有着亲切的了解和珍惜之情。知道它们各自独有的清晰的名称，明了它们是精致和洁净的，身体的每一部分都有着不可替代的功能，并无高低贵贱的区别。她知道自己的快乐和满足，有很大的一部分是建筑在这些功能灵敏的感知上和健全的完整上的。她也毫无疑义地知道，她的大脑是她的身体的主宰。她不会任由她的器官牵制她的所作所为，她是清醒和有驾驭力的。她在尊重自己身体的同时，也尊重他人的身体。在尊重自我的权利的同时，也尊重他人的权利。在驰骋自我意志的骏马时，也精心维护着他人的茵茵草地。

　　一个有教养的人，对人类种种优秀的品质，比如忠诚、勇敢、信任、勤勉、互助、舍己救人、临危不惧、吃苦耐劳、坚贞不屈……充满敬重敬畏敬仰之心。不一定每一个人都能够身体力行，但他们懂得爱戴和歌颂。人不是不可以怯懦和懒惰，但他不能把这些陋习伪装成高风亮节，不能由于自己做不到高尚，就诋毁所有做到了这些的人是伪善。你可以跪在泥里，但你不可以把污泥抹上整个世界的胸膛，并因此煞有介事地说到处都是污垢。

　　有教养的人知道害怕。知道害怕是件有意义有价值的事情。它表示明了自己的限制，知道世上有一些不可逾越的界限。知道世界上有阳光，阳光下有正义的惩罚。由于害怕正义的惩罚，因而约束自我，是意志力坚强的一种体现。

　　有教养的人知道仰视高山和宇宙，知道仰视那些伟大的发现和人格，知道对于自己无法企及的高度表达尊重，而不是糊涂地闭上眼睛或是居心叵测地嘲讽。

　　教养是不可一蹴而就的。教养是细水长流的。教养是可以遗失也可以捡拾起来的。教养也具有某种坚定的流传和既定的轨道性。教养是一些习惯的总和，在某种程度上，教养不是活在我们的皮肤上，是繁衍在我们的骨髓里。教养和遗传几乎是不相关的，是后天和社会的产物。教养必须要有酵母，在潜移默化和条件反射的共同烘烤下，假以足够的时日，才能自然而然地散发出香气。教养是衡量一个民族整体素质的一张 X 片子。脸面上可以依靠化妆繁花似锦，但只有内在的健硕，才经得起冲刷和考验，才是力量的象征。

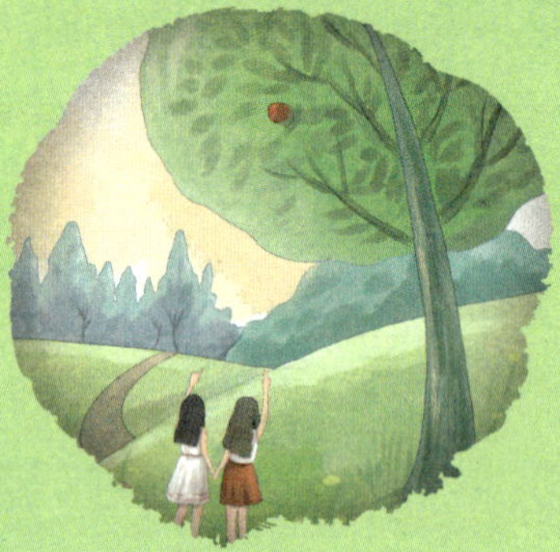

第四辑
让我们彼此善解人意

如果说这世界上真有「善解人意」的优点，你首先要善解自己的意思。不要牺牲了自我，去成全别人的意思。

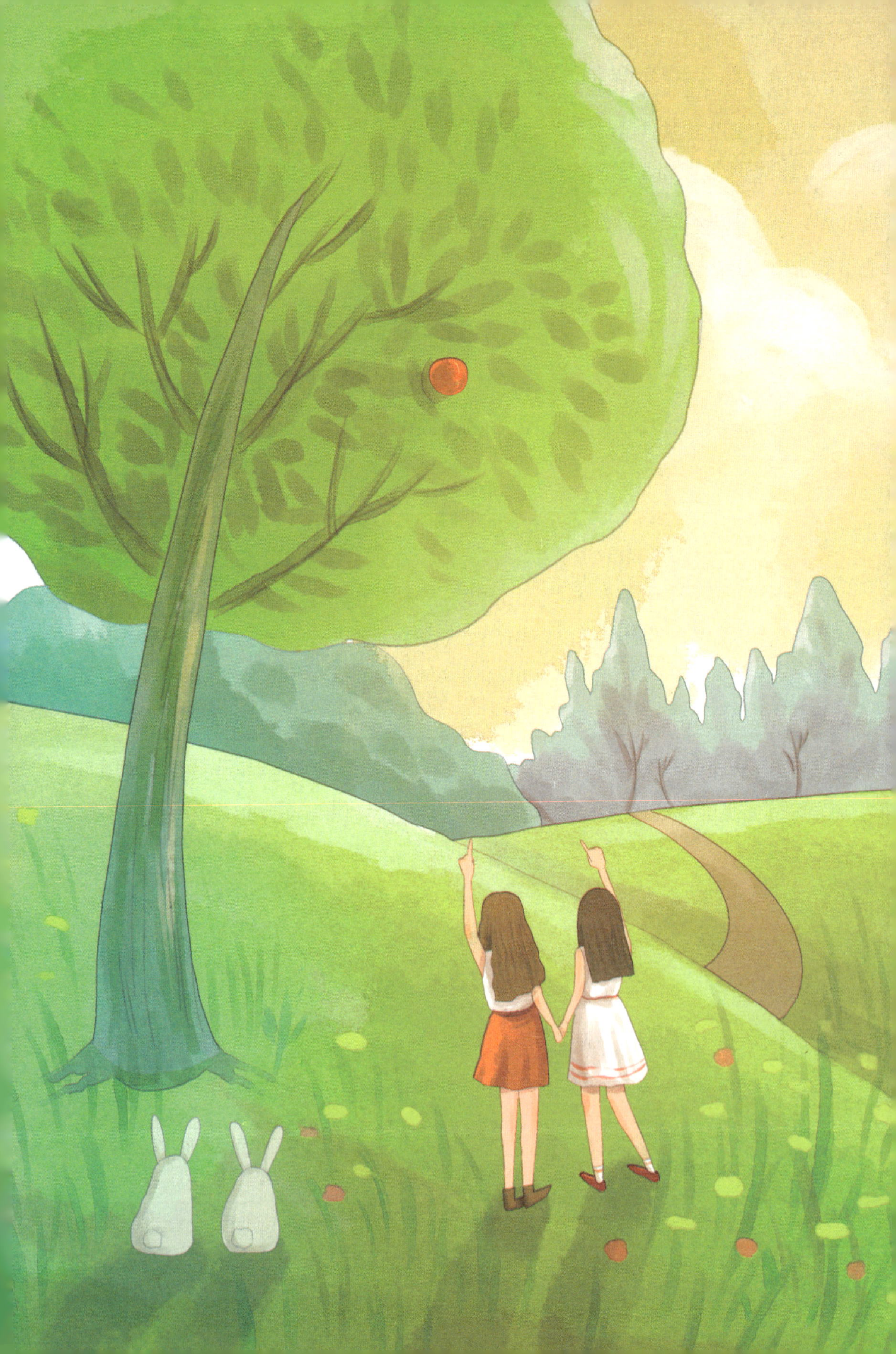

友情：这棵树上只有一个果子，叫作信任

现代人的友谊，很坚固又很脆弱。它是人间的宝藏，需我们珍爱。友谊的不可传递性，决定了它是一部孤本的书。我们可以和不同的人有不同的友谊，但我们不会和同一个人有不同的友谊。友谊是一条越掘越深的巷道，没有回头路可以走的，刻骨铭心的友谊也如仇恨一样，没齿难忘。

友情这棵树上只结一个果子，叫作信任。红苹果只留给灌溉果树的人品尝。别的人摘下来尝一口，很可能酸倒了牙。

友谊之链不可继承，不可转让，不可贴上封条保存起来而不腐烂，不可冷冻在冰箱里永远新鲜。

友谊需要滋养。有的人用钱，有的人用汗，还有的人用血。友谊是很贪婪的，绝不会满足于餐风饮露。友谊是最简朴同时也是最奢侈的营养，需要用时间去灌溉。友谊必须述说，友谊必须倾听，友谊必须交谈的时刻双目凝视，友谊必须倾听的时分全神贯注。友谊有的时候是那样脆弱，一句不经意的言辞，就会使大厦顷刻倒塌。友谊有的时候是那样容易变质，一个未经证实的传言，就会让整盆牛奶变酸。

这个世界日新月异。在什么都是越现代越好的年代里，唯有友谊，人

们保持着古老的准则。朋友就像文物，越老越珍贵。

礼物分两种，一种是实用的，一种是象征性的。

我喜欢送实用的礼物。

不单是因为它可为朋友提供立等可取的服务功能，更因为我的利己考虑。

此刻我们是朋友，十年以后不一定是朋友。

就算你耿耿忠心，对方也许早已淡忘。

速朽的礼物，既表达了我此时此刻的善意，又给予朋友可果腹可悦目可哈哈一笑或是凝神端详的价值，虽是一次性的，也留下美好的瞬间，我心足矣。

象征久远意义的礼物，若是人家不珍惜这份友谊了，留着就是尴尬。或丢或毁，都是物件的悲哀，我的心在远处也会颤抖。

若是给自己的礼物，还是具有象征意义的好。比如一块石子一片树叶，在别人眼里那样普通，其中的美妙含义只有自己知晓。

电话簿是一个储存朋友的魔盒，假如我遇到困难，就要向他们发出求救信号。一种畏惧孤独的潜意识，像冬眠的虫子蛰伏在心灵的旮旯。人生一世，消失的是岁月，收获的是朋友。虽然我有时会几天不同任何朋友联络，但我知道自己牢牢地粘附于友谊网络之中。

利害关系这件事，实在是交友的大敌。我不相信有永久的利益，我更珍视患难与共的友谊。长留史册的，不是锱铢必较的利益，而是肝胆相照的情分，和朋友坦诚的交往，会使我们留存着对真情的敏感，会使我们的眼睛抹去云翳，心境重新开朗。

非血之爱

爱,有无数种分类法。我以为最简明的是——以血为界。

一种是血缘之爱,比如母亲之爱亲子,儿子之爱父亲,扩展至子孙爱姥姥姥爷爷爷奶奶,亲属爱表兄表弟堂姐堂妹……甚至爱先人爱祖宗,都属于这个范畴。还有一种爱在血外,姑且称为——非血之爱。比如爱朋友,爱长官,爱下属,爱动物……最典型的是爱自己的配偶。

血缘之爱是无法选择的,你可以不爱,却不可能把某个成员从这条红链中剜除。一脉血缘在你诞生之前许久,已经苍老地盘绕在那里,贯穿悠悠岁月。血缘之爱既至高无上又无与伦比的沉重,也充满天然的机缘和命定的随意。它的基础十分简单,一种名叫"基因"的小密码,按照数学的规律递减着,稀释着,组合着,叠加着,遂成为世界上最神圣最博大的爱的基石。

非血之爱则要奇诡神秘得多。你我原本河海隔绝,天各一方,在某一个瞬间,突然结成一体,从此生死相依,难道不是人世间最司空见惯又最不可思议的偶然吗?无数神鬼莫测的巧合混杂其中,爱与恨泥沙俱下无以澄清。激情在其中孕育,伟大与卑微交织错落。精神与人格,在血之外的湖泊中遨游，搅起滔天雪浪，演出无数悲欢离合的故事……爱恋的光谱，比最复杂的银河外星系轨道，还难以预计。

血缘之爱使我们感知人间最初的温暖与光明，督我们成长，教我们成人。它是孤独人生与大千世界的脐带，攀援着它，我们一步步长大，最终挣脱它的羁绊，投入血外之爱。然后我们又回归，开始血缘之爱新的轮回。血缘之爱是水天一色的醇厚绵长，非血之爱更多一见钟情的碰撞和千折百回的激荡。

血缘之爱有红色缆绳指引，有惊无险，经历误会顿挫，多能化险为夷，曲径通幽。非血之爱全凭暗中摸索，更需心灵与胆魄烛照，在苍莽荒原中，辟出人生携手共进的小径。非血的爱，使每个人思考与成长，比之循规蹈矩的血缘，更考验一个人的心智。

爱一个和你有血缘关系的人，是一种本能，一种幸福，一种责任，一种对天地造化的缠绵呼应。

爱一个和你没有血缘关系的人，是一种需要，一种渴望，一种智慧，一种对美与永恒的无倦追索。

我们一生，屡屡在血与非血的爱中沐浴，因此而成长。

让我们彼此善解人意

善解人意通常是一个优点，但太过善解人意就成了缺点。你无法发现自己的真正想法，它刚一冒头，就淹没在他人意愿的滔天洪水之中了。善解人意的表达在有些时候就变成了"讨好"。

在人们的印象里，善解人意是个褒义词，尤其是贤惠女子的必备条件。君不见征婚启事中，众多的男人都要求将来成为妻子的女人要善解人意。这其实是半句话，下半句话是什么呢？就是你既然懂得了我的意思，就请照我的意思去执行吧。

他们为什么不把下半句话也明明白白地说出来呢？因为理论上大家都是平等的，不好意思说"将来在家里，要以我的意见为主"这样独裁霸道的话，就偷梁换柱改换成了这种看似美德实际上是不平等条约的要求。

如若不信，那么我们换一种说法。如果我们夸赞哪个男生最出众的品质是"善解人意"，恐怕人们会嗤之以鼻，觉得这个人是不是女里女气的没点男子汉的气概啊。

这就是"善解人意"的苦涩的内核。

所以，如果说这世界上真有"善解人意"的优点，你首先要善解自己的意思。不要牺牲了自我,去成全别人的意思。你的"人意"我要能解,我的"人意"请你也要能解,大家彼此都善解人意,游戏才可以长久地玩下去。

常常爱惜

拾起一穗遗落在秋天原野上的麦芒时,我们心中会涌起一种情感……

当水龙头正酝酿着滴落一颗椭圆形的水珠,一只手紧紧拧住闸门时,我们心中会涌起一种情感……

当疑望宝蓝的天空因为浓雾而浑浑噩噩时,我们心中会涌起一种情感……

当注视到一个正义的人无力捍卫自己的尊严,孤苦无助的时候,我们心中会涌起一种情感……

人类将这种痛而波动的感觉命名为——爱惜。

我们读这两个字的时候,通常要放低了声音,徐徐地从肺腑最柔软的孔腔吐出,怕惊碎了这薄而透明的温情。

爱惜的大前提是,爱。爱是人类一种最珍惜的体验,它发源于深刻的本能和绵绵的眷恋。爱先于任何其他情感,轻轻沁入婴儿小而玲珑的心灵。爱那给予生命的母亲,爱那清冷的空气和滑润的乳汁,爱温暖的太阳和柔和的抚爱,爱飞舞的光影和若隐若现的乐声……

爱惜的土壤是喜欢。当我们喜欢某种东西的时候,就希冀它的长久和广大，忧郁它的衰减和短暂。当我们对喜爱之物怀有难以把握的忧虑时，吝啬是一个常会首选的对策。我们会俭省珍贵的资源，我们会珍爱不可复复的时光，我们会制造机会以期重享愉悦，我们会细水长流反复咀嚼快乐。

　　于是，爱惜就在不知不觉中发生了。

　　当我们爱惜的时候，保护的勇气和奋斗的果敢也同时滋生。真爱，需用生命护卫。真爱，就会义无返顾。没有保护的爱惜，是一朵无蕊鲜花，可以艳丽，却断无果实。没有爱惜的保护，是粗粝和逼人的威迫，是强权而不是心心相印。

　　爱惜常常发生。在我们不经意的时候，打湿眼帘。

　　爱惜好比一只竹篮。随着人类的进步，它越编越大了，盛着人自身，盛着绿色，盛着地球上所有的物种，盛着天空和海洋。

再选你的父母

有个农村来的大学生，父母皆是贫苦乡民。在这个"再选你的父母"游戏中，他令自己的母亲变成了玛丽莲·梦露，让自己的父亲变成了乾隆。这是一个非常典型的例子，我首先要感谢这位朋友的坦率和信任。这样的答案是太容易引起歧义和嘲笑了，虽然它可能确是一些人的真心向往。

我问他，玛丽莲·梦露这个女性，在你的字典中代表了什么？他回答说，她是我所知道的最美丽和最时髦的女人。我说，你是不是觉得自己的亲生母亲丑陋，不够时尚？他沉默了很久说，对。中国有句俗话叫作"儿不嫌母丑，狗不嫌家贫"，我嫌弃我的母亲丑，真是大逆不道的恶行。平常我从来不敢跟人表露，但她实在是太丑了，让我从小到大蒙受了很多羞辱。我心里始终讨厌她。从我开始知道美丑的概念，我就不容她和我一道上街，一前一后也不行。后来我到城里读高中，她到学校看我，被我呵斥走了。同学问起来，我就说这是一个乞婆，我曾经给过她钱，她看我好心，以为我好欺负，居然跟到这里来了……我说这些话的时候，一点也不脸红，反倒理直气壮。我父亲是一个乡间的小人物，会一点小手艺，能得到人们的一点小尊敬。我原来还是以他为豪的，后来到了城里，上了大学，才知道山外有山，天外有天，才知道父亲是多么的微不足道。看同学们的父亲，不是经常在本地电视中露面的要人，就是腰缠万贯挥金如土。

我想，如果把社会比作高楼大厦，我一定是在地下车库的位置。而这个位置是我父母强加给我的。这种深层的怒火潜伏在我心底，使我在自卑的同时非常敏感，我拼命努力奋斗，但是不能容忍任何形式和程度的不公平，我性格懦弱，但是在某种时候又像个"飞毛腿"导弹。我好像是两个人拼起来的……今天做这个游戏，可以大胆设想，不拘一格，我一下子就想到了梦露和乾隆，就随笔写了下来。

我说，谢谢你对我的信任。其实父母是不能改变的，我们从中发现的是自己的心态。我先问你一个问题，如果父亲的名字不是乾隆，换成唐太宗或是布莱尔，你以为如何？

他笑起来，说，当然也可以。我说，你希望有一个总统或是皇上当父亲，这背后反映出来的东西，你能察觉吗？

他静静地想了很久，好像有一个世纪，说，我明白了那永远伴随着我的怒气从何而来。我仰慕地位和权势，我希图在众人视线的焦点上。我喜欢美貌和钱财，我看重身份，热爱名声，我希望背靠大树好乘凉……当这些无法满足的时候，我就怨天尤人，心态偏激，觉得从自己一出生就被打入了另册。因此我埋怨父母。可中国"孝"字当先，我又无法直抒胸臆，这些复杂的情绪交织在一起，让我不得轻松。工作中、生活中遇到的任何挫折，都会让我想起这种先天的差异，觉得自己无论怎样奋斗也无济于事……

我说，谢谢你的真诚告白。事情还有另一面的解释，你可想过？

他停顿了很久很久，最后说，我知道是什么了。我平凡贫困的父母，在艰难中养育了我。我长得不好看，可他们没有像我嫌弃他们那样嫌弃我，而是给了我无私的爱和力所能及的帮助。他们处于社会的底层，却竭尽全力供养我读书，让我进城上了大学，有了更开阔的眼界和更丰富的知识。他们明知我不以他们为荣，可从不计较我的冷淡，一如既往地爱我。他们以自己孱弱的肩膀托起了我的前程。

面对这种泣血的反思，我深深感动。那位年轻人若有所思地走了，从他挺直的背影中，我看到了新的力量。

我们究竟有没有权利对自己的父母不满？这是一个敏感的话题。多年以前，当我看到一本国外心理学家所写的书，叫作《家庭会伤人》时，凛然一惊。只能说家庭是幸福的港湾，不能说家庭也暗藏杀机；只能渲染家庭给我们以温馨，不敢声讨家庭给我们以冰冷；我们期待从家庭汲取力量，不晓得家庭常常是吞噬能量的黑洞。假如没有大规模的战争，伤亡于家庭的人，一定多于战场。

蓝色萝卜

有一天,我到商场的玩具柜台,为朋友的孩子过生日准备一份礼物。因总是拿不定主意,挑来选去的很费时间,便听到了如下一番谈话。

一位老妇人,在卖橡皮泥的柜台,转了好几个圈,神色有几分茫然。嘴里小声嘟囔着,哟,这才几年不见,橡皮泥已经变得这样豪华了,好的要上百块钱一套了,记得早先,几毛钱就能买一版,什么颜色都有的……

正值中午,买东西的人不多,女售货员挺清闲的,就同顾客聊开了天儿。

哎,我说这位大姐,您那是什么时候的皇历了?几毛钱一版?少说也是三十年前的事了。现在的橡皮泥,三十六色,花哨着呢,还附带模型,您是想要麦当劳的食品型,还是白垩纪的恐龙型?您叫孙子把橡皮泥往模型里这么一按,再一磕出来,就什么都妥帖了,跟真的一模一样。

那老妇人现出不好意思的神态,说,我不是给孙子买的,是给儿子买的。

售货员并不因自己说差了而尴尬,很快接着话茬儿说,看您这年纪,儿子怕也有三十了吧?您还这么惦记着他,真是个好妈妈啊!

老妇人点点头说,是啊,他大学毕业,已经工作多年了。她边说,边拿起售货员递来的样品,很仔细地端详后,把附有模型的橡皮泥向柜台里面推了推说，我不要这种千篇一律的东西，要那种自己可以随心所欲地发挥创造性的橡皮泥。

售货员热情而久经世故的脸上出现了几丝迷茫，连我也听得起了好奇之心，用余光打量起老人。她衣着很普通，第一印象，几乎要把她归入家庭妇女范畴。但这结尾的话，让人得修改初衷，确认她是受过良好文化熏陶的知识女性。想来那儿子，也已是成年的知识分子了。那么，这玩具的意义何在呢？

售货员不愧见多识广，在短暂的愕然之后，很快就重现成竹在胸的神色，缩窄了喉咙，同情地说，哦，我明白了。您的儿子精神上……是不是有点……那个……我接待过这样的顾客，是安定医院的大夫，也是不要带模型的橡皮泥，因为对病人的思维和手的活动帮助不大，简装的橡皮泥，反倒实用。病人们可以像孩子一样瞎捏，尽情地发挥想象力。听说从他们捏的玩意儿里，还能推断出病情好坏呢……

售货员嘴快手也快，把带有麦当劳和恐龙图案的大盒橡皮泥，麻利地收起来，递过一种色彩艳丽的简装橡皮泥。

老妇人很感激地看着售货员，轻声道着谢，然后细察新品种的成色。

售货员充满同情地叹了一口气。老人露出不很中意的样子说，基本还可以吧，只是有没有更多一些的呢？

售货员恍然大悟道，是这样啊，那我们还有大桶装的，都是专给幼儿园团体购买预备的，够一个班小朋友捏着玩了。说着，她从柜台角落拖出一个铁皮桶，看起来分量不轻。

老妇人再次察看，脸上终于露出满意的笑容，说，谢谢你啦。我儿子个子很高，手也很大，手指也粗，那些专为娃娃预备的橡皮泥，对他来讲，太精巧了些。这种正合适。

老妇人交了钱,把售货员为她精心捆好的橡皮泥桶抱着,预备离去。售货员向她扬扬手说,您老多保重吧。看得出,您那么爱自己的儿子,他得了这样的病,您一定特难过。

老妇人开心地笑了,露出一口极为洁白的牙齿。虽然按她的岁数推算,这是假牙,仍让人感到她按捺不住的快乐。她说,谢谢你的关心。不过我的儿子并没有什么病,他很好,很健康,是个很棒的电脑工程师。

目瞪口呆的不仅是那位热心的售货员,还有在一旁偷听的我。谜团没有解开,越结越死。

老妇人说,事情是这样的。

我儿子小的时候,手很巧。我给他买回各种各样的玩具,让他开发智力。有一次,我买了橡皮泥,就是你说的那种老掉牙的货色——只有十二色的一小盒。他用它们捏小鸭子、小轮船,活灵活现的。有一天,他捏了一个大萝卜,圆圆的,大大的,红红的,上面还长着翠绿的缨子。我喜欢极了,还有骄傲和自豪。我把这个萝卜小心地带到单位,让同事们看。大家都说这不是那么小的孩子能捏出来的,没准是哪个工艺师随手的小品。我听了以后,心中甜似蜜呀。回到家后,儿子跟我要那个萝卜。我说,干吗呀?他毫不在意地说,把它毁了,重捏啊。红色的归到剩下的红泥堆里,绿的归绿的。我很可惜地说,那这个萝卜不就没了吗?他睁大天真的眼睛说,可那些橡皮泥还在啊,我还可以捏别的呀。我说,不成,过几天,就是"六一"儿童节,单位里要是组织展览,这个萝卜就是上好的展品。你不能把它毁了,我要留作纪念。

儿子很听话,不再要回他捏的萝卜了。过了一段日子,他悄悄问,你们单位开过展览会了吗?我说,今年没开。你问这个干什么?他说,我想要回那个萝卜,让它回到我那一堆各色的橡皮泥里,这样,我就可以捏其他的东西了。我不耐烦地说,这个萝卜我还想留着呢。你该捏什么就捏吧。儿子又怯生生地说,妈妈,你能不能再给我买一盒新的橡皮泥呢?我说,为什么?原来那盒不是挺好的吗?儿子说,那个萝卜走了,它的颜色就不全了。我敷衍地说,好吧,哪天我得空了,就给你买。那阵子,我一直很忙。更主要的是不把孩子的请求当回事,总是忘。孩子问过几次,我心里烦,就说,你想捏什么就捏什么好了,颜色有什么要紧的?大模样像了就成。我儿子很乖,从此,他再也不提橡皮泥的事情了。

大约半年后的一天,我下班回家,在桌子上,看到了儿子用橡皮泥捏的新作品。我不知是不是他特地摆在那儿的——一个胡萝卜,身体是蓝色,叶子是黑色的。

我当时应该警醒的,可惜忙于工作,不愿分心,就装作什么也没有看到。

从此,儿子再不捏橡皮泥了,我也渐渐把这件事淡忘了。直到他长大成人,几十年当中,我们都从未有一次再提过橡皮泥这个词。

前几天搬家,从尘封的旧物中滚出一个铁蛋似的东西,我捡起一看,原来是那个蓝色的萝卜。谁也不知道它是怎样被保存下来的。我把它放在手心,还感到儿子当年的无奈。我从中听到了强烈的抗议和热切的渴望。我想赎回我当年的粗暴和虚荣,想完成我曾经答应过的承诺……

她说到这里,头深深地埋下了,花白的头发像一帘幕布,遮住了她的眼睛。

老妇人抱着橡皮泥桶,缓缓地走了。我也随之选定了一件礼物,离开了商场。我决定,在送给小朋友生日礼物的同时,送给他的妈妈一个故事。

只听得售货员在后头喃喃地低语,谁知她的儿子还记得这回事不?会原谅他妈妈吗?

母爱

"仅次于人的聪明的动物，是狼，北方的狼。南方的狼是什么样，我不知道。不知道的事咱不瞎说，我只知道北方的狼。"一位老猎人，在大兴安岭蜂蜜般黏稠的篝火旁，对我说。猎人是个渐趋消亡的职业，他不再打猎，成了护林员。

我说："不对。是大猩猩。大猩猩有表情，会使用简单的工具，甚至能在互联网上用特殊的词汇与人交流。"

"我没见过大猩猩，也不知道互联网是什么东西。我只见过狼。沙漠和森林交界地方的狼，最聪明。那是我年轻的时候啦……"老猎人舒展胸膛，好像恢复了当年的神勇。

"狼带着小狼过河，怎么办呢？要是只有一只小狼，它会把它叼在嘴里。若有好几只，它不放心一只只带过去，怕它在河里游的时候，留在岸边的子女会出什么事。于是狼就咬死一只动物，把那动物的胃吹足了气，再用牙齿牢牢紧住蒂处，让它胀鼓鼓的好似一只皮筏。它把所有的小狼背负在身上，借着那救生圈的浮力，全家过河。"

有一次，我追捕一只带有两只小崽的母狼。它跑得不快，因为小狼脚力不健。我和狼的距离渐渐缩短，狼妈妈转头向一座巨大的沙丘爬去。我很吃惊。通常狼在危急时，会在草木茂盛处兜圈子，借复杂地形，伺机脱逃。如果爬向沙坡，狼虽然爬得快，好像比人占便宜，但人一旦爬上坡顶，就一览无余，狼就再也跑不了了。

这是一只奇怪的狼，也许它昏了头。我这样想着，一步一滑爬上了高高的沙丘。果然看得很清楚，狼在飞快逃向远方。我下坡去追，突然发现小狼不见了。当时顾不得多想，拼命追下去。那是我平生见过的跑得最快的一只狼，不知它从哪儿来的那么大的力气，像贴着地皮的一支黑箭。追到太阳下山，才将它击毙，累得我几乎吐了血。

我把狼皮剥下来，挑在枪尖往回走。一边走一边想，真是一只不可思议的狼，它为什么如此犯忌呢？那两只小狼到哪里去了呢？

已经快走回家了，我决定再回到那个沙丘看看。快半夜才到，天气冷极了，惨白的月光下，沙丘好似一座银子筑成的坟，毫无动静。

我想真是多此一举，那不过是一只傻狼罢了。正打算走，突然看到一个隐蔽的凹陷处，像白色的烛光一样，悠悠地升起两道青烟。

我跑过去，看到一大堆骆驼粪。白气正从其中冒出来。我轻轻扒开，看到白天失踪了的两只小狼，正在温暖的驼粪下均匀地喘着气，做着离开妈妈后的第一个好梦。地上有狼尾巴轻轻扫过的痕迹，活儿干得很巧妙，在白天居然瞒过了我这个老猎人的眼睛。

那只母狼，为了保护它的幼崽，先是用爬坡延迟了我的速度，赢得了掩藏儿女的时间。又从容地用自己的尾巴抹平痕迹，并用全力向相反的方向奔跑，以一死挽回孩子的生存。

熟睡的狼崽鼻子喷出的热气，在夜空中凝成弯曲的白线，渐渐升高……

"狼多么聪明！人把狼训练得蠢起来，就变成了狗。单个儿的狗绝对斗不过单个儿的狼，这就是我想告诉你的。"老猎人望着篝火的灰烬说。

后来，我果然在资料上看到，狗的脑容量小于狼。通过训练，让某一动物变蠢，以供人役使，真是一大发明啊。

带白蘑菇回家

妈妈爱吃蘑菇。

到青海出差,在幽蓝的天穹与黛绿的草原之间,见到点点闪烁的白星。那不是星星,是草原上的白蘑菇。

从鸟岛返回的途中,我买了一袋白蘑菇,预备两天后坐火车带回北京。

回到宾馆,铺下一张报纸,将蘑菇一柄柄小伞朝天,摆在地毯上,一如它们生长在草原时的模样。

小姐进来整理卫生,细细的眉头皱了起来。我忙说,我要把它们带回去送给妈妈。小姐就暖暖地笑了,说您必须把蘑菇翻个身,让菌根朝上,不然蘑菇会烂的。草原上的白蘑菇最难保存。

听了小姐的话,我让白蘑菇趴在地上,好像晒太阳的小胖孩儿,温润而圆滑地裸露在空气中。上火车的日子到了。小姐帮我找来一只小纸箱;用剪刀戳了许多梅花形的小洞,把白蘑菇妥妥地安放进去。

进了卧铺车厢,我小心翼翼地把纸箱塞在床下。对面一位青海大汉说,箱子上捅了那么多的洞,想必带的是活物了。小鸡?小鸭?怎么没听见叫?天气太热,可别憋死了。

我说,带的是草原上的白蘑菇,送给妈妈。

他轻轻地重复，哦，妈妈……好像这个词语对他已十分陌生。半晌他才接着说，只是你这样的带法，到不了兰州，蘑菇就得烂成污水。

我大惊失色说，那可怎么办？

他说，你在卧铺下面铺开几张纸，把蘑菇晾开，保持它的通风。

我依法处置，摆了一床底的蘑菇。每日数次拨弄，好像育秧的老农。蘑菇们平安地穿兰州，越宝鸡，直逼郑州……不料中原一带，酷热无比，车厢内闷热如桑拿浴池，令人窒息。青海汉子不放心地蹲下检查，突然叫道：快想办法！蘑菇表面已生出白膜，再捂下去，就不能吃了！

我束手无策。大汉二话不说，把我的白蘑菇，重新装进浑身是洞的纸箱。我说，这不是更糟了？他并不解释，三下五除二，把卧铺小茶几上的水杯食品拢成一堆，对周围的人说：烦请各位把自家的东西，拿到别处去放。腾出这个小桌，来放小箱子。箱子里装的是咱青海湖的白蘑菇，她要带回北京给妈妈。我们把窗户开大，让风不停地灌进箱子，蘑菇就坏不了啦。大家帮帮忙，我们都有妈妈。

人们无声地把面包、咸鸭蛋和可乐瓶子移开，为我腾出一方洁净的桌面。

风呼啸着。郑州的风，安阳的风，石家庄的风……穿箱而过。白蘑菇黑色的血液，渐渐被蒸发了，烘成干燥的标本。

终于，北京到了。我拎起蘑菇箱子同车友们告别，对大家说，我代表自己和妈妈谢谢你们！

大家说，你快回家去看妈妈吧。

由于路上蒸发了水分，白蘑菇比以前轻了许多。我走得很快，就要出站台的时候，青海汉子追上我，说：有一件很要紧的事，忘了同你交代——白蘑菇炖鸡最鲜。妈妈喝着鸡汤说，青海的白蘑菇味道真好！

剥豆

一天我与儿子相对坐着剥豆,当翠绿的豆快将白瓷盆的底铺满时,儿子忽地离位,新拿一个瓷碗放在自己面前,将瓷盆朝面前推推。

看他碗里粒粒可数的豆,我问:"想比赛?"

"对"。儿子眼动手剥,利索地回答。

"可这不公平,我盆里已有了,你才刚开始。"我说着顺手抓一把豆放在碗里。

"不,"他按住我的手,"就这样,我才能试出自己的速度。"

一丝喜悦悄悄在心里散开,我欣赏儿子这种自信和大气。一时,原来很随意的家务劳动有了节奏,只见手起豆落,母子皆敛声息语。

"让儿子赢,使他以后对自己多一点自信。"如是想,手不知不觉就慢了下来,借拾豆的机会稍稍停一下。

"在外面竞争是靠实力,谁会让你?让他知道,失败成功皆是常事。"剥豆的速度分明快了。

儿子不停,眼却在两个容器中看。见他如此投入,我心生怜爱,学校考试名次,够他累的了……剥豆的动作又不觉缓了下来。

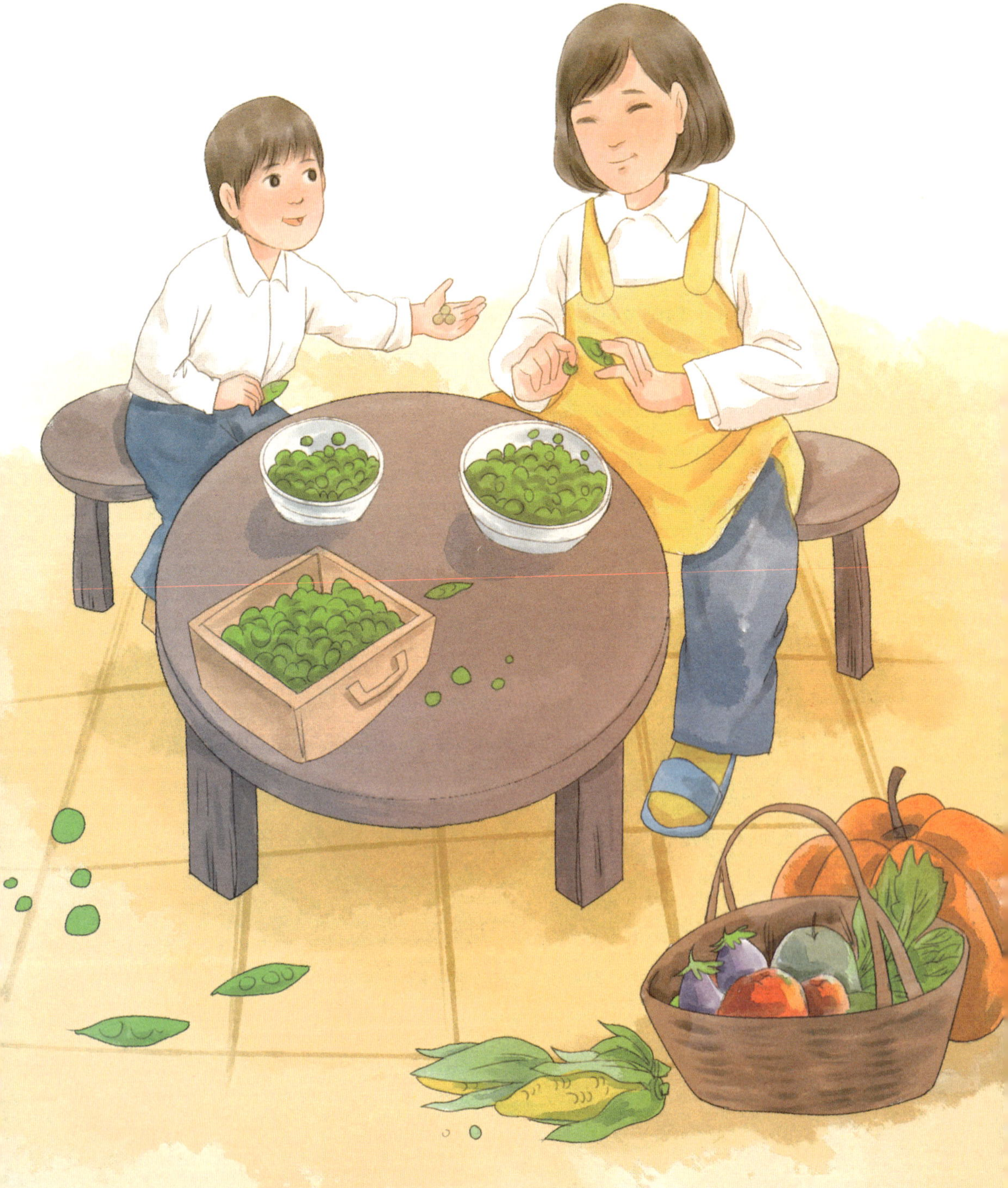

"不要给孩子虚假的胜利。"节奏自然又紧了许多。

一大袋豌豆很快剥光了。一盆一碗，一大一小不同的容器难以比较，凭常识，儿子肯定输，正想淡化结果，他却极认真地重新拿来了碗，先将他的豆倒进去，正好满一碗，然后用同样的碗来量我的豆，只是凸出了，像隆起的土丘。

"你赢了。"他朝我笑笑很轻松，全没有剥豆时的认真与执着。

"是平局，我本来有底子。"我纠正他说。

"我少，我就是输。"我没有赌气，没有沮丧，儿子认真和我争。脸上仍是那如山泉般的清澈的笑容。

想到自己瞻前顾后，小心翼翼，实在是过分了。孩子的生命，自有他该有的轨迹，该承受的，该经历的，他都应有完整的体验。失望失误失败，伤痛伤感伤痕，自有它的价值，不必人为地营造一片虚假的生存空间。因为生活是实在的，生命也要经过磨难才真实。

青虫之爱

我有一位闺中好友，从小怕虫子。不论什么品种的虫子都怕。披着蓑衣般茸毛的洋辣子，不害羞地裸着体的吊死鬼，一视同仁地怕。甚至连雨后的蚯蚓，也怕。放学的时候，如果恰好刚停了小雨，她就会闭了眼睛，让我牵着她的手，慢慢地在黑镜似的柏油路上走。我说，迈大步！她就乖乖地跨出很远，几乎成了体操动作上的"劈叉"，以成功地躲避正蜿蜒于马路的软体动物。在这种瞬间，我可以感受到她的手指如青蛙腿般弹着，不但冰凉，还有密集的颤抖。

大家不止一次地想法治她这心病，那么大的人了，看到一个小小毛虫，哭天抢地的，多丢人啊！早春天，男生把飘落的杨花坠，偷偷地夹在她的书页里。待她走进教室，我们都屏气等着那心惊肉跳的一喊，不料什么声响也未曾听到。她翻开书，眼皮一翻，身子一软，就悄无声息地瘫倒在桌子底下了。

从此再不敢锻炼她。

许多年过去，各自都成了家，有了孩子。一天，她到我家中做客，我下厨，她在一旁帮忙。我择青椒的时候，突然从蒂旁钻出一条青虫，胖如蚕豆，背上还长着簇簇黑刺，好一条险恶的虫子。因为事出意外，怕那虫蜇人，我下意识地将半个柿子椒像着了火的手榴弹扔出老远。

待柿子椒停止了滚动，我用杀虫剂将那虫子扑死，才想起酷怕虫的女友，心想刚才她一直目不转睛地和我聊着天，这虫子一定是入了她的眼，未曾听到她惊呼，该不是吓得晕厥过去了吧？

回头寻她，只见她神态自若地看着我，淡淡说，一个小虫，何必如此慌张。

我比刚才看到虫子还愕然地说，啊，你居然不怕虫子了？吃了什么抗过敏药？

女友苦笑说，怕还是怕啊。只是我已经能练得面不改色，一般人绝看不出破绽。刚开始的时候，我就盯着一条蚯蚓看，因为我知道它是益虫，感情上接受起来比较顺畅。再说，蚯蚓是绝对不会咬人的，安全性能较好……这样慢慢举一反三；现在我无论看到有毛没毛的虫子，都可以把惊恐压制在喉咙里。

我说，为了一个小虫子，下这么大的工夫，真有你的。值得吗？

女友很认真地说，值得啊。你知道我为什么怕虫子吗？

我撇撇嘴说，我又不是你妈，怎么会知道啊！

女友拍着我的手说，你可算说到点子上了，怕虫就是和我妈有关。我小的时候，是不怕虫子的。有一次妈妈听到我在外面哭，急忙跑出去一看，我的手背又红又肿，旁边两条大花毛虫正在缓缓爬走。我妈知道我叫虫蜇了，赶紧往我手上抹牙膏，那是老百姓止痒解毒的土法。以后，她只要看到我的身旁有虫子，就大喊大叫地吓唬我……一来二去的，我就成了条件反射，看到虫子，灵魂出窍。

后来如何好的呢，我追问。依我的医学知识，知道这是将一个刺激反复强化,最后,女友就成了生理学家巴甫洛夫教授的案例,每次看到虫子,就恢复到童年时代的大恐惧中。世上有形形色色的恐惧症,有的人怕高,有的人怕某种颜色,我曾见过一位女士,怕极了飞机起飞的瞬间,不到万不得已,她是绝不搭乘飞机的。一次实在躲不过,上了飞机。系好安全带后,她骇得脸色刷白,飞机开始滑动,她竟号啕痛哭起来……中国古时的"一朝被蛇咬,十年怕井绳"说的也是这回事。只不过杯弓蛇影的起因,有的人记得,有的人已遗忘在潜意识的晦暗中。在普通人看来是微不足道的小事,对当事人来说,痛苦煎熬,治疗起来十分困难。

女友说,后来有人要给我治,说是用"逐步脱敏"的办法。比如先让我看虫子的画片,然后再隔着玻璃观察虫子,最后直接注视虫子……

原来你是这样被治好的啊!我恍然大悟道。

嗨!我根本就没用这个法子。我可受不了,别说是看虫子的画片了,有一次到饭店吃饭,上了一罐精致的补品。我一揭开盖,看到那漂浮的虫草,当时就把盛汤的小罐摔到地上了……女友抚着胸口,心有余悸地讲着。

我狐疑地看了看自家的垃圾桶,虫尸横陈,难道刚才女友是别人的胆子附体,才如此泰然自若?我说,别卖关子了,快告诉我你是怎样重塑了金身?

女友说,别着急啊,听我慢慢说。有一天,我抱着女儿上公园,那时她刚刚会讲话。我们在林阴路上走着,突然她说,妈妈……头上……有……她说着,把一缕东西从我的头发上摘下,托在手里,邀功般地给我看。

我定睛一看,魂飞天外,一条五彩斑斓的虫子,在女儿的小手内,显得狰狞万分。

我第一个反应是像以往一样昏倒,但是我倒不下去,因为我抱着我的孩子。如果我倒了，就会摔坏她。我不但不曾昏过去，神智也是从来没有的清醒。

第二个反应是想撕肝裂胆地大叫一声。因为你胆子大，对于在恐惧时惊叫的益处可能体会不深。其实能叫出来极好，可以释放高度的紧张。但我立即想到，万万叫不得。我一喊，就会吓坏了我的孩子。于是我硬是把喷到舌尖的惊叫咽了下去，我猜那时我的脖子一定像吃了鸡蛋的蛇一样，鼓起了一个大包。

现在，一条虫子近在咫尺。我的女儿用手指抚摸着它，好像那是一块冷冷的斑斓宝石。我的脑海迅速地搅动着。如果我害怕，把虫子丢在地上，女儿一定从此种下了虫子可怕的印象。在她的眼中，妈妈是无所不能无所畏惧的，如果有什么东西把妈妈吓成了这个样子，那这东西一定是极其可怕的。

我读过一些有关的书籍，知道当年我的妈妈，正是用这个办法，让我从小对虫子这种幼小的物体，骇之入骨。即便当我长大之后，从理论上知道小小的虫子只要没有毒素，实在值不得大惊小怪，但我的身体不服从我的意志。我的妈妈一方面保护了我，一方面用一种不恰当的方式，把一种新的恐惧，注入到我的心里。如果我大叫大喊，那么这根恐惧的链条，还会遗传下去。不行，我要用我的爱，将这铁环砸断。

我颤巍巍伸出手，长大之后第一次把一只活的虫子，捏在手心，翻过来掉过去地观赏着那虫子，还假装很开心地咧着嘴，因为——女儿正在目不转睛地看着我呢！

虫子的体温，比我的手指要高得多，它的皮肤有鳞片，鳞片中有湿润的滑液一丝丝渗出，头顶的茸毛在向不同的方向摆动着，比针尖还小的眼珠机警怯懦……

女友说着,我在一旁听得毛骨悚然。只有一个对虫子高度敏感的人,才能有如此令人震惊的描述。

女友继续说,那一刻,真比百年还难熬。女儿清澈无瑕的目光笼罩着我,在她面前,我是一个神。我不能有丝毫的退缩,我不能把我病态的恐惧传给她……

不知过了多久,我把虫子轻轻地放在了地上。我对女儿说,这是虫子。虫子没什么可怕的。有的虫子有毒,你别用手去摸。不过,大多数虫子是可以摸的……

那只虫子,就在地上慢慢地爬远了。女儿还对它扬扬小手,说"拜……"

我抱起女儿,半天一步都没有走动。衣服早已被黏黏的汗水浸湿。

女友说完,好久好久,厨房里寂静无声。我说,原来你的药,就是你的女儿给你的啊。

女友纠正道,我的药,是我给我自己的,那就是对女儿的爱。

豆角鼓

有一个在幼儿园就熟识的朋友,男生。那时,我们同在一张小饭桌上吃饭。上劳动课的时候,阿姨发给每人一面跳新疆舞用的小铃鼓,里头装满了豆角。当我择不完豆角筋的时候,他会来帮我。我们就把新疆铃鼓称为"豆角鼓"。

以后几十年,我们只有很少的来往,但彼此都知道对方在城市的某一个角落里愉快地生活着。一天,他妻子来电话,说他得了喉癌,手术后在家静养,如果我有时间的话,能不能给他打个电话。他妻子略略停了一下说:"通话时,请您尽量多说,他会非常入神地听。但是,他不会回答你,因为他无法说话。"

第二天,我给他打了电话。当我说出他的名字后,回答是长久的沉默。我习惯地等待着回答,猛然意识到,我是不可能得到回音的。我便自顾自地说下去,确知他就在电线的那一端,静静地聆听着。自言自语久了,没有反响也没有回馈,甚至连喘息的声音也没有,感觉很是怪异,好像面对着无边无际的棉花垛……

那天晚上,他的妻子来电话说,他很高兴,很感谢,希望我以后常常给他打电话。

我答应了,但拖延了很长的时间。也许是因为那天独自说话没有回声的感受太特别了。后来,我终于再次拨通了他家的电话。当我说完,你是××吗?我是你幼儿园的同桌啊……

我停顿了一下,并不是等待他的回答,只是喘了一口气,预备兀自说下去。就在这个短暂的间歇里,我听到了细碎的哗啦啦声……这是什么响动?啊,是豆角鼓被人用力摇动的声音!

那一瞬,我热泪盈眶。人间的温情跨越无数岁月和命运的阴霾,将记忆烘烤得蓬松而馨香。

那一天,每当我说完一段话的时候,就有哗啦啦的声音响起,一如当年我们共同把择好的豆角倒进菜筐。当我说再见的时候,回答我的是响亮而长久的豆角鼓声。

格布上的花

好日子和坏日子,是有一定比例的。就是说,你的一生,不可能都是好日子——天天蜜里调油;也不可能都是坏日子——每时每刻黄连拌苦胆。必是好坏日子交叉着来,如同一块花格子布。如果算下来,你的好日子多,就如同布面上的红黄色多,亮堂鲜艳。如果你的坏日子多,那就是黑灰色多,阴云密布。

以上的说法,想来会有人同意,但好日子和坏日子,是以什么来划分的呢?什么是好坏日子的分水岭试金石呢?看法恐怕就不一致了。比如,钱吗?好像,不是。有钱的人不一定承认他过的是好日子,钱少的人或没钱的人,也不一定感觉他过的就是坏日子。健康吗?好像,也不是。无痛无灾的人不一定觉得他过的是好日子,罹病残疾的人也不一定承认他过的就是坏日子。美丽和能力吗?似乎,更不像了。看看周围,有多少漂亮能干的男人女人,锁着眉哭着脸,抱怨着岁月的难熬啊……

说了若干的标准,都不是。那么,什么是好日子和坏日子的界限呢?

不知他人的答案若何,我猜,是爱吧?有爱的日子,也许我们很穷,但每一分钱都能带给我们双倍快乐。也许我们的身体坏了,每况愈下,但

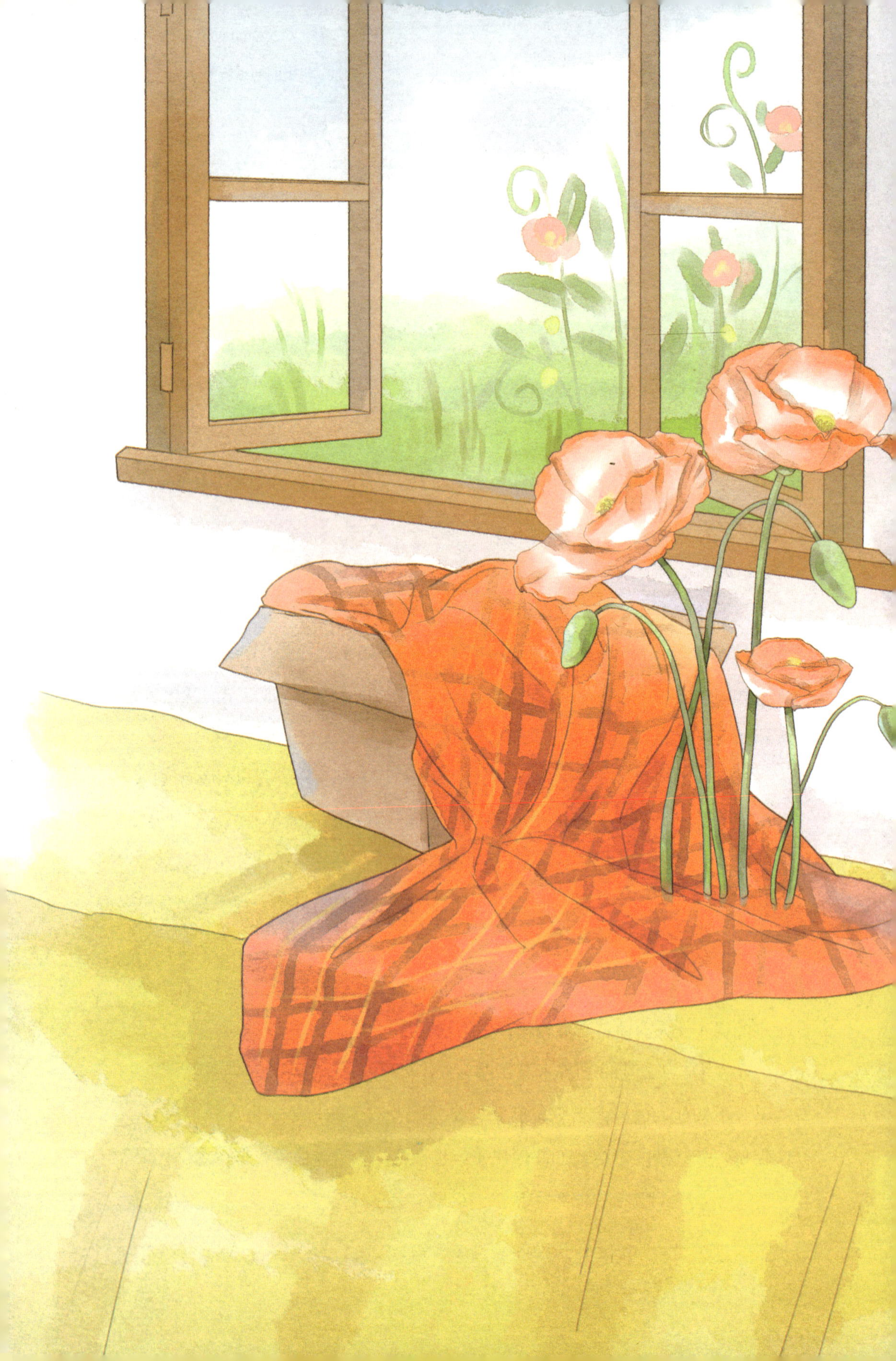

我们执着相爱的人的手,慢慢老去,旅途就不再孤独。也许我们是平凡和微渺的,但我们竭尽力量做着喜欢的事,心中便充溢温暖安宁。

  这是什么呢?这就是好日子了。你的那块花格子布上,绽开了鲜花。

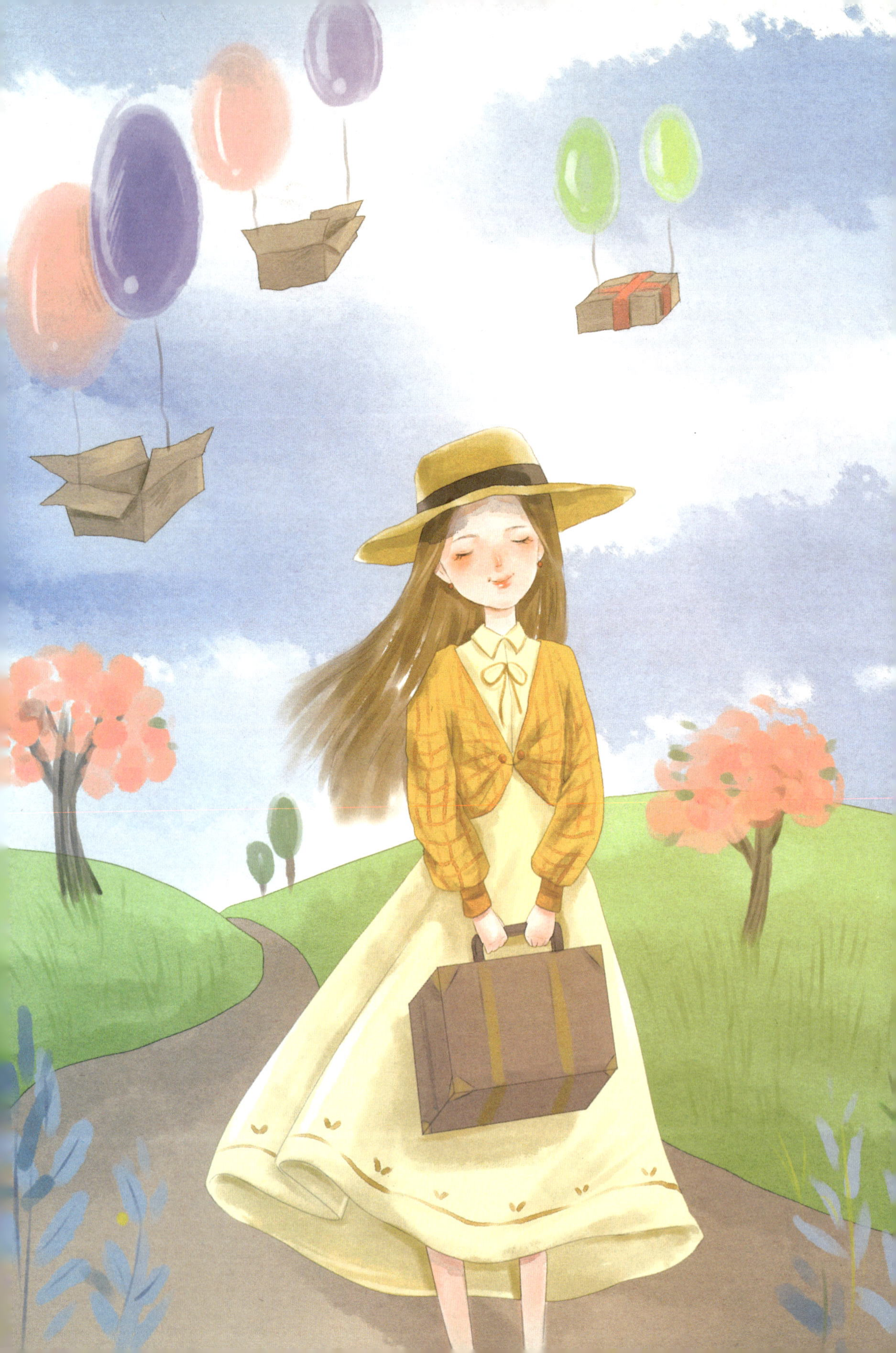

《暖心美读书》（名师导读美绘版）书目

序号	书名	作者
1	朝花夕拾	鲁迅
2	故乡	鲁迅
3	风筝	鲁迅
4	小橘灯	冰心
5	繁星·春水	冰心
6	荷塘月色	朱自清
7	城南旧事	林海音
8	呼兰河传	萧红
9	端午的鸭蛋	汪曾祺
10	鸟的天堂	巴金
11	落花生	许地山
12	济南的冬天	老舍
13	骆驼祥子	老舍
14	稻草人	叶圣陶
15	边城	沈从文
16	白鹅	丰子恺
17	丁香结	宗璞
18	我的童年	季羡林
19	顶碗少年	赵丽宏
20	心中的桃花源	梁衡
21	春酒·桂花雨	琦君
22	生命的化妆	林清玄
23	心是一只美丽的小箱子	毕淑敏
24	母亲的羽衣	张晓风
25	乡愁	余光中
26	珍珠鸟	冯骥才
27	你若盛开，蝴蝶自来	丁立梅
28	热爱生命	汪国真
29	微纪元	刘慈欣
30	假如给我三天光明	（美）海伦·凯勒 著 张雪峰 译

31	巨人的花园	（英）奥斯卡·王尔德 著 竞择 译
32	飞鸟集	（印）泰戈尔 著 郑振铎 冰心 译
33	名人传	（法）罗曼·罗兰 著 陈筱卿 译
34	培根随笔	（英）培根 著 周英 等 译
35	福尔摩斯探案集	（英）柯南·道尔 著 陈建华 译
36	去年的树	（日）新美南吉 著 朝颜 译
37	大林和小林	张天翼
38	宝葫芦的秘密	张天翼
39	我们的母亲叫中国	苏叔阳
40	霹雳贝贝	张之路
41	第七条猎狗	沈石溪
42	蟋蟀	任大霖
43	"下次开船"港	严文井
44	小兵张嘎	徐光耀
45	小英雄雨来	管桦
46	神笔马良	洪汛涛
47	妹妹的红雨鞋	林焕彰
48	我不是坏小孩·班长下台	桂文亚
49	外婆叫我毛毛	梅子涵
50	鱼灯	高洪波
51	我要做好孩子	黄蓓佳
52	今天我是升旗手	黄蓓佳
53	小水的除夕	祁智
54	纸人	殷健灵
55	开开的门	金波
56	一百个中国孩子的梦	董宏猷
57	十四岁的森林	董宏猷
58	少年的荣耀	李东华
59	校园三剑客	杨鹏
60	魔法学校·三眼猫	葛竞
61	魔法学校·小女巫	葛竞

联系电话：027-87679354　87679949